いとしの悪党

李丘那岐

幻冬舎ルチル文庫

CONTENTS ✦目次✦

いとしの悪党

✦カバーデザイン=久保宏夏(omochi Design)
✦ブックデザイン=まるか工房

イラスト・ヨネダコウ✦

いとしの悪党

○○○

日本の最高学府。そう言われている大学に中垣行人《なかがきゆきと》は通っている。学んでいるのは経営だ。

いつか自分で会社を興したいと思っている。

それは具体的なようでいて、とてもぼんやりした夢だった。大学で二年と二ヶ月ほど学んだが、未だどんな会社を作りたいのかは見えてこない。

しかし行人に焦りはなかった。なんとかなるだろう……何事においてもそんな感じで、ふわふわと流されるように生きている。楽天的で楽観的。それは働かなくても生きていける余裕のある家に生まれたせいなのかもしれない。

あまり未来を悲観したことはない。悲しい出来事に遭遇したこともあるけれど、先にはきっとなにか楽しいことが待っている、そう思えないほどの絶望は味わったことがなかった。

「いいよねー、行人は。お金持ちだし。顔もよくて、頭もよくて、なんも悩みなさそう」

大学の広い教室で、隣に座った女友達が行人を見て羨《うらや》ましそうに言った。

確かに実家は資産家だ。身長は百七十五センチ、やや細身の体格で、特に可もなく不可もない健康体。顔は昔女優をしていた母親似で、涼やかで嫌味がないと言われる。まつげが長く、伏し目がちだと色っぽいなんて言われたりもするが、話すとその印象は消えるらしい。色気には愁いが必要で、行人にはそれが欠けていた。だから、悩みがなさそう、などと言われてしまう。

「うん、まあ……そうだな、ないかな」

言われ慣れた言葉を行人は軽く受け流した。実際、深刻な悩みというものはなかった。小さな悩みならそれなりにあるが、いちいち話す気にもなれない。

この講義には友人がいつも五、六人はいるのだが、今日は珍しくこの女性一人しかいなかった。だから間がもたなくて喋《しゃべ》っているのだろうが、少々張り切りすぎだった。行人としては無言でもいっこうにかまわない。むしろその方が好みかもしれなかった。

「うわー、嫌味ぃ」

言われたことを肯定しただけなのに嫌味だと言われる。解《げ》せない。しかしその内心を行人は顔に出さない。

「じゃあそっちは？　悩みあるの？」

テーブルに肘《ひじ》を突き、横に座る女性の顔を覗《のぞ》き込むように微笑《ほほえ》んだ。

「え、あるよー。いっぱいあるよう」

女性は目を泳がせながら言った。ほのかに頰《ほお》が赤い。

「へえ、たとえば？」

「ちょっと最近、太ってきたし……」

「えー、もっと太った方がいいんじゃない？」

ほとんど定型のような会話を交わす。実際彼女はまったく太っていない。

「え、行人はぽっちゃりの方が好き？」

「うーん、あんまり痩《や》せすぎてるのは苦手かな。それよりはちょっと太ってるくらいがいい。その方がバイタリティがあるように見えるでしょ？　体型は別にしても、僕は生きる力に溢《あふ》れてる人が好きだな」

「へえ、そうなんだ……」

生命力というのは目に見えないけど、話していればなんとなく伝わってくる。話さなくても、この広い教室でなら後ろに座っている奴より、前に座っている奴の方がその力はあるように思える。学ぶ意欲は生きる意欲に繋《つな》がっているはずだ。

行人はいつも教室の中央、やや前よりに座る。それより前に座っている人間は少なかった。

——あ、今日もいる。

いつも最前列の一番端にひっそりとある後ろ姿。髪はボサボサで、服装はシンプルで地味。斜に構えたような座り方は偉そうなのだが、受講態度はかなり真面目だった。

自分より前にいる数人の内、その男だけがなぜか目についた。自分だけなのか、みんなも気にしているのかはわからない。今まで友人との話題に上ったことはなく、行人も話題にしようとは思わなかった。

見かけるようになったのは今年度からなので、まだ二ヶ月ほどだ。これまで講義がまったく被《かぶ》っていなかったのか、ただ気づかなかっただけなのか。気になりはじめると気になってしょうがないが、未だ顔を正面から見たことはない。それをわざわざ確認したいと思うほどの興味でもなかった。

講義が終わるとすぐに彼はいなくなる。それと同時に行人の意識からも消える。

三年生になってからというもの、急に周囲は就職就職と騒がしくなった。就職氷河期は地球温暖化の中でも一向に溶ける気配はなく、まだまだ先だと思っていたものが現実として迫ってきて、皆一様に焦っている。

行人の周りにいる友達は、国家公務員か大手商社狙《ねら》いが多かった。行人と同じように起業すると豪語していた者も、とりあえず公務員試験は受けておくと言いはじめた。

世の中が不況でも、他の大学よりは就職口もある。しかし起業するのに出身大学はあまり意味がない。

行人もこのままやりたいことがはっきりしなければ、一度就職して会社の仕組みを知るのもひとつの道か、などと思いはじめていた。やりたいことが見つかってから起業すればいい、とやっぱりのんびりしていた。

「行人が必死になったところって見たことないよなあ。結局、行人みたいなのがひょいひょいと人生渡っていって、死ぬまで勝ち組なんだよ」

友達の言葉に傷つかないわけではない。金持ちは勝ち組という世間の常識を覆そうなんて思わないが、正しいとは思えなかった。

「ひょいひょい渡れる人生なんて、面白いの？」

「ほら、そういうことが言えるのは苦労したことがないからだって。ガツガツ頑張らなくても生きていけちゃうんだ。いいよなあ、中垣貿易のお孫さんは」

価値観の違いとはこういうことを言うのだろう。ガツガツ頑張りたいのだ、行人としては。生命力のない人間なんて、行人がもっとも魅力を感じない人間なのに、自分がそれだなんて最悪だ。

子供の頃からなんとなく、社長になるんだ、と思っていた。父は売れない絵描きで、母は行人が生まれるまで女優をしていた。ほとんど金銭的な生産性のない両親だったが、父の実家が相当な資産家で、その財を貿易商の祖父がさらに増やし、生活に困ることはなかった。

両親は優雅で怠惰《たいだ》だった。特に叱《しか》られたこともなく、これといって干渉された記憶もない。しかし愛がないわけでもない。家庭環境もまたぬるま湯のようであった。

欲しいと言えばなんでも買ってもらえたから、欲しくて欲しくてたまらない、という飢えを感じたこともない。簡単に手に入れた物は簡単に手放せる。物への執着は希薄だった。

しかし、そんな行人にもただひとつ、手に入れて十年近く大事にしている物がある。

昼休み、行人は友人たちから離れ、ひとりでキャンパスを人気《ひとけ》のない方へと歩いていく。迎賓館《げいひんかん》の裏は大きな楠《くすのき》以外にはなにもなく、近寄る人も稀《まれ》だった。

小ぶりな岩の上にショルダーバッグを置き、中から黒い革のケースを取り出す。直方体のケースは位牌《いはい》がぴったり収まりそうなサイズだが、もちろん位牌を持ち歩いているわけではない。しかしどこか似たような意味合いはあるかもしれなかった。

ケースを開けると、黒いビロードの中に細長い円筒が三つ、銀色に輝いていた。それをつなぎ合わせれば、フルートという優美な楽器になる。

行人は楠の木陰に立ち、足を肩幅ほどに開いてフルートを横にかまえた。キィに指を置いて静かに目を閉じ、風の流れにのせるように唄口に息を吹き込んだ。

溢れ出した音色は小鳥のさえずりのよう。風とじゃれ合い、ふわりと消えていく。行人の周りの空気だけが色づき、西洋のおとぎ話の世界が現れた。赤いドレスの姫君、耳の垂れたウサギ、コミカルでメルヘンチックな世界には、なぜかもの悲しさがつきまとう。

この曲自体がそういう曲なのだが、行人にとってこの曲はレクイエムでもある。吹けばいつも喜んでくれた、その人の笑顔を思い出しながら奏でる。

曲が終わりにさしかかった時、ガサッと耳障りな音がした。ハッと目を開ければ、男がひとり立っていた。

風に弄《もてあそ》ばれた髪はボサボサだったが、長身に白いシャツとグレーのパンツをスマートに着こなしている。全体的に受ける印象は、地味――と思った瞬間に、男が彼だと気づいた。

初めて正面から見たが、なかなかいい男だ。それがなぜか嬉しい。

そこからは、最後まで聴いていてほしいと思いながら吹いていた。レクイエムはほんの少しだけ情熱的になる。最後の一音が風に乗って消えていった。

「フルート、好き？」

最後まで、といってもほんの少しだったが、聴いてくれた男に行人は声をかけた。

男はかなり眼光鋭く、ついでにまったく愛想もなかった。しかし行人はそういうことは気にならない。相手がどんな風貌《ふうぼう》でも、話したいと思えば話しかけるし、直感的に「こいつは嫌だ」と思ったら話しかけられても適当に流す。

無視される公算が高いと思ったのだが、男は眉《まゆ》を顰《ひそ》めると口を開いた。

「空気が穴を抜けていくだけの音に、好きも嫌いもない」

思いもしない答えに、行人は思わず噴き出した。さすがにその感想は初めてだ。演奏が巧《うま》いとか下手とかいう以前の問題だ。

「面白いこと言うな……。音楽は嫌い？」

「だから、音楽なんてただの空気の震えだろう。そんなものを尊んだり、金を注《つ》ぎ込んだりする奴の気が知れない」

「なるほど」

行人は苦笑した。自分は音楽が好きだからそういう考え方は少し寂しいが、それもひとつの考え方ではある。

金を注ぎ込むというのがどういう意味合いかはわからないけれど、このフルートには実際金がかかっていた。

値段が高ければいいものだと信じている母親が買ってきた、子供には分不相応なもの。値段だけでなく重量的にも子供向きではなかったが、買い直してもらおうと考えることはなく、ただひたすら練習した。いい音が出るようになった時にはかなり嬉しかったのだが、それも彼に言わせればただの空気の震え。努力を全否定されたようなものなのに、不思議と腹は立たなかった。

「きみ、山根《やまね》先生の講義を取ってるだろう？　よく見かけるよ」

「取ってるわけじゃないが、聴いてるな」

「どういうこと？　聴講が趣味？」

問いかけたが、男は答えずに踵《きびす》を返した。

「あ、待って。僕は経済学部の三年で中垣行人。名前、訊《き》いてもいい？」

男はしばし黙っていたが、期待満々で待っている行人の顔をじっと見て、

「田上《たがみ》」

とだけ言い残して去っていった。

「田上か……。あ、どこの学部なんだろ」

きっと他の学部生が経済に興味を持って聴講していたのだろう。少し歳上《としうえ》なのかもしれない。そう思うくらいには、人生を達観したような醒《さ》めた雰囲気があった。

話せば地味な印象よりも冷たい印象の方が強く残った。鋭くて剣呑《けんのん》な眼差《まなざ》しと、酷薄そうな薄い唇。排他的な空気を漂わせていたが、行人はなぜか親しみを感じていた。だからなんとなく敬語を使わなかった。教室で見ていたせいかもしれない。

「あー、やっぱりここにいた！　フルート吹いてたの？　聴きたい、聴きたい」

女子の二人組がやってきて、吹いて吹いてと要求されて短い曲を吹く。

「やっぱりいいわー。行人王子のフルートは」

「うん、チョー心に染みるぅ」

褒め言葉に行人は曖昧《あいまい》な笑みを返した。彼女たちの言葉は行人の心に響かなかった。田上の言葉なんてかなり失礼なものだったのに、ストンと心の中に落ちてきた。

元々褒め言葉には鈍感な方だ。だからといって貶《けな》されてむかつかないわけはないし、フルートに関しては意見されるのもあまり好きではない。

今はただ気持ちよく吹いていたいだけ。いい具合に空気を震わせたい。いつか田上の耳にも心地よく響けばいいなと思う。

もう一曲吹いてとせがまれて、奏でる。できるだけ優しく空気を震わせることができるように。それが心に伝わるように。

「行人……泣ける」

今度は少ししんみりと言われて、それは嬉しかった。

上っ面ではない言葉がほしい。そういうことなのかもしれない。

それからというもの、行人はキャンパスで田上の姿を見かけると声をかけるようになった。田上はいつも迷惑そうだったが、話はしてくれた。しかし、今のところ田上のことで判明したのは、同い年だということだけだった。

「ねえ田上、僕のフルート聴いてよ」

呼び捨てにしても田上は怒らなかった。いつも不機嫌そうだが、意外に怒ったり声を荒らげたりということはしない。

「時間の無駄だ」

ただいつも返事は簡潔だった。そしてクールで辛辣《しんらつ》。話をしているというより、声をかけては罵《のの》しられているといった感じだが、行人はまったくめげなかった。

「じゃあ、お昼を食べる時間はある？」

「あってもおまえと食う気はない。ほら、お友達が待ってるぞ。俺は群れるのは嫌いなんだ」

「あー、僕と二人きりでもダメ？」

食い下がれば、田上は困惑した顔になった。

「なぜ、おまえが俺と二人で飯を食う必要がある？」

「それは……僕が田上と話をしたいから、だけど？」

田上への純粋な興味。もう少し話をしてみたい。そう思うから行動しているだけだった。

「おまえはゲイなのか？　違うだろう。そういう発言は誤解を招くぞ」

田上の忠告を聞いて、初めてそう誤解される可能性があることに気づいた。

「なるほど。確かに僕はゲイじゃないけど、それでも田上と話をしたいんだ。これじゃダメ？」

「俺はゲイだが、いいのか？」

「あ、そうなんだ。僕は田上のタイプなのかな？」

タイプでなければいいなと思うのは、同性愛者に対する偏見からではなく、友達になりたいからだった。恋人になるのはさすがにちょっと難しい。

行人のライトな問いかけに、田上は眉を寄せ不快というよりは呆《あき》れた顔になった。

「一番嫌いなタイプだ。苦労知らずの金持ちのお坊ちゃんは」

「え、僕って見た目でもそんな感じ？」

嫌いという言葉にホッとしつつ傷ついていた。やはり好意を持つ人には嫌われたくない。好みではないのと、嫌いではかなり違う。

しかしそんな内心を顔に出すことなく、行人は笑顔で問いかけた。

「見た目もそうだが、フルートを個人で所有し、しかも最近始めたような腕じゃない。子供にフルートを習わせられる家庭は間違いなく裕福だ。服や持ち物を見れば、今も裕福だということがわかる。警戒心が薄いのも、人の目を真《ま》っ直《す》ぐに見るのも、ぬくぬくと育ってきた証だ」

田上の分析に非の打ち所はなかった。その通りだと言わざるを得ない。

「やっぱり田上はおもしろいな。好みじゃないのなら僕と友達になってよ」

「……嫌いなタイプだと言ったはずだが？」

「ああ……そこはまあ、相互理解を深めれば、解決できるかもしれないし」

ね？ と笑えば、やっぱり嫌いなタイプだと言われる。

「まずは第一歩。一緒にご飯を食べてみようよ。いつもどこで食べてる？ 学食でいい？」

問いながらもすでに足は学食に向かっていた。手はしっかりと田上の腕を摑《つか》んで。

途中まで手を引かれるまま歩いていた田上が急に立ち止まった。

「じゃあ、おまえが一番美味《おい》しいと思う店に連れて行け。おまえの奢《おご》りで」

そんなことを言い出した。

「んー？ まあいいけど。ランチで？」

「いや、ディナーでいい。特別に時間を割いてやる」

ニヤッと笑った顔は、わかりやすく悪い顔だった。断ればいいと顔が言っている。

「わかった。じゃあ予約してみる。メアド教えて。連絡するから」

田上がどういうつもりかはわからないが、話ができるならどこでもよかった。

「おまえ、もしかしてマゾ？」

メールアドレスを交換し、別れ際に田上にそう訊かれた。

「え？　なんで？」

「自分を嫌いだと言ってる奴と、金を払ってまで飯を食おうだなんて、自虐趣味があるとしか思えない」

「田上は分析好きだな。でも、特に意味はないよ。したいようにしてるだけ」

言えば田上は深々と溜息《ためいき》をついて去っていった。

自虐趣味があるとは思わないが、なぜ田上にかまうのかは自分でもよくわからない。

昔から、自分からなにかをしなくても、親しげに近寄ってくる人間と、攻撃的に突っかかってくる人間が行人の周りにはいた。好きだと言われるのと同じくらい嫌いだと言われてきた。だから悪意にもそれなりに慣れ、適当に流すことができる。今まで自分を嫌いだという相手に興味を持ったことはなかったし、金を払ってまで食事をしようなんて思ったこともなかった。

来る者拒まず、去る者追わず。行人の友達付き合いはまさにそれだった。自分から人を追いかけるのは初めてかもしれない。

田上のなにがそんなに気になるのか、日の暮れた駅前で田上を待ちながら考えてみたが、やっぱりよくわからなかった。だけど気分は恋人を待つかのように浮き浮きしている。楽しいのだから、それでいい。行人は深く考えるのをやめた。

「なんでおまえはそんなににこにこしてるんだ？」

待ち合わせの時間に十分ほど遅れてやってきた田上は、行人を見て不気味そうに言った。

「なんでかな。自分の深層心理を探るとか、難しいこと考えるの苦手なんだよね。でも、自分にとって楽しいことを嗅《か》ぎわける嗅覚《きゅうかく》はけっこう鋭いと思う」

行人にとって大事なのは直感だった。滅多に心惹《こころひ》かれることはないが、惹かれたら素直に従う。自分でブレーキをかけることはほとんどない。

「やっぱりただのMだろ」

分析好きの田上には、行き当たりばったりの行人の考え方が理解できないようだ。自ら好んで危険に飛び込んでいるとしか考えられないらしい。

「それでもいいよ。田上はSっぽいから、いいコンビになれるんじゃない？」

「それっておまえ、虐《いじ》められるってことだぞ？」

「あー。でもたぶん虐めがいはないと思うなあ。子供の頃とかよくそう言われた。僕は泣かないから」

虐めても手応えがないらしい。行人だって虐められれば心は痛む。だけど、傷ついている顔をしてやるのは嫌だった。虐めがいなんて、相手に与えたくない。いつも平然としていた。

意外な答えだったのか、田上はなにも言わず、行人の顔を無表情にじっと見つめる。

「じゃあ行こう！　ここから歩いて行けるから。スーツ、似合うね。着慣れてる？」

スーツを着た田上はとても落ち着いて大人びて見えた。大学生にありがちな着られている感はない。髪も大学にいる時とは違ってきれいに整えられていて、入社して二、三年のビジネスマンという風情だ。仕事はできそうなのだが、エリートと付けるには少しきな臭い感じもある。

「俺の私服だからな。そっちはなんだかインチキモデルっぽいな」

「インチキってなんだよ」

行人はクレームをつけたが、何度か雑誌でモデルのようなことをしたことはあったから、インチキモデルというのもはあながち外れとは言えない。

行人のスーツはカジュアルで、大学生がちゃんとした格好をしている、という感じだった。傍目《はため》には田上の方が歳上に見えるだろう。

いつもと違う田上と肩を並べて歩くことに、やっぱり気分が浮き立つ。五センチほど高いところにある田上の瞳《ひとみ》を何度も横から見上げ、ほとんど一方的に喋る。

田上に一番美味しい店と言われて、行人の脳裏に浮かんだのは、家の近くの洋食屋だった。ドレスコードがあるような店ではないが、短パンにサンダルで行けるような店でもない。客はみなそれなりにきれいな格好をしている。店の雰囲気とそれなりのお値段が客の服装を改めさせるようだ。

田上には、あまりカジュアルすぎる格好はやめた方がいいとだけ言っておいた。ジーンズでも破れているようなものでなければ問題はないはずで、いつもの田上の地味な格好なら特に問題はなかった。よもやスーツが私服だとは、やはり田上は普通の大学生とはなにか違う。

十分近く歩くと、店舗が減って住宅が増える。それも広い敷地の高級住宅が多い。その一角に緑の木々と野の花が可憐《かれん》なイングリッシュガーデンが現れる。つるバラの門を入り、敷石のアプローチを歩けば、煉瓦《れんが》と白壁の可愛らしい建物に辿《たど》り着く。

「そういえばここに友達を連れてきたことないな」

男二人で来るには違和感が否めない。特に田上は似合わない。

「俺は友達じゃない。女が喜びそうな店だ」

「女の子も連れてきたことないよ。家族としか来たことない」

「へえ。家族で、ねえ」

田上の言い方にはトゲがあったが、なぜなのかはわからなかった。家族で行く店では不満だったのか。

一番美味しい店に連れて行けと言われたのは初めてだった。高い店とか、ムードのある店を問われることはよくあったが、ここは特別高いわけではない。雰囲気はいいが、デートに使うという気にもならなかった。たぶんここが行人にとって家族のテリトリーだからだろう。結婚しようという相手なら、もしかしたら連れてくるのかもしれない。

「なんで美味しい店、なの？」

「高い店は調べればわかる。美味《うま》い店というのは個人の主観だ。金持ちに存在価値があるとするなら、舌が肥えていること、外食が多いから店を多く知っているということ。俺は実のある情報が欲しかっただけだ」

「ふーん。すごいね。じゃあ田上ってすごい情報通なんだ？」

「情報の多さをひけらかすなんてくだらないことはしない。情報は武器だ。隠し持っておくものだ」

「格好いいなあ、田上。惚《ほ》れちゃいそう」

行人は尊敬を込めてしみじみと言った。

「馬鹿にしてんのか」

「いやいや、本気。田上の言ってることは正しいと思う。僕もそう思う」

賞賛を浴びせれば、田上は心底嫌そうな顔をした。

木製のドアを開け、中に入る。外同様、店内にも緑が多い。内装はほどよく年季が入っていて落ち着ける空間になっていた。

「いらっしゃいませ。あ、いらっしゃい、行人くん」

幼い頃から知っているオーナーに笑顔で迎え入れられる。予約の時に男友達と二人だと言っておいたので普通に迎えてもらえたが、電話では珍しいねと驚いた様子だった。

通されたのは一番奥まった窓際の席。注文は任せると田上に言われ、馴染《なじ》みのものを適当に注文した。

「急に予約を入れて、こんないい席に通されるのか。上得意様って感じだな」

決して空《す》いている店ではないが、家族で来る時もだいたいこの席に通される。

「子供の頃から通ってるし……この店を最初に建てる時に祖父が投資したみたいで」

「なるほど。株主優待席みたいなものか」

真っ白なカバーの掛かった四角いテーブル。出窓に掛かったカーテンは赤いギンガムチェックと白の二枚使い。店内の雰囲気もやっぱり田上には似合わない。

「ちょっと可愛すぎたかな」

「内装のことか？　別にそれはどうでもいい。俺が知りたかったのはもっと別のことだからな」

「味？」

「まあ、そうだな」

肯定されたが肯定された気がしなかった。なにか含みがある。

「おまえの祖父《じい》さんはパトロンみたいなことが好きだったのか？」

珍しく田上の方から問いかけてきた。

「ああ、うん。自分が気に入ったらなんにでも躊躇《ちゅうちょ》なく金を出す人で、いいものを見抜く勘も鋭いんだ。商売でも金を増やし、こういう道楽でも結果的に金が増えて……。それを芸術家の父と浪費家の母が消費してる感じかな」

「嫌な家だな。で、おまえは？　祖父さん似か？　それとも、フルート奏者を目指してるのか？」

「フルートは趣味だよ。吹いて喜んでもらえれば嬉しいけど、それを生業《なりわい》にする気はない。僕は芸術家より商売人とか実業家がいい。祖父にもおまえは俺に似てるって言われたし。僕は将来、社長になりたいんだ」

「はあ。……なんか、ぬるま湯みたいな世界だな。俺とはまるで縁のない」

田上が金持ち嫌いだということは、もう何度も聞いて知っているが、嘘をつくわけにもいかない。変えようのないことで嫌われるのはどうしようもない。

「じゃあ、田上の世界ってどんななの？　ご両親は？」

自分の話はすればするほど嫌われる。だから切り返してみたのだが、

「俺はよく知りもしない奴に自分の素性をぺらぺら喋る趣味はない」

ぺらぺら喋った行人をばっさり切り捨てた。

「田上って……ヤな奴だよね」

「それは正解だ」

珍しく田上が笑った。口の端を少し歪《ゆが》めた程度のものだったが、それだけで嬉しくなる。

運ばれてきた料理は、いつも通りどれも間違いない美味しさだった。これに関しては田上も文句はないようだ。褒め言葉はないが、食が進んでいる。

「今日の講義のさ、福祉と経済に関する理論ってどう思った？　僕は利潤追求と福祉の両立は可能だと思うんだ。そういうふうに頭を切り換えることで新しい芽も出てくるんじゃないかなあ」

食事中にこういう話を振ると、だいたい飯がまずくなると煙たがられる。議論に乗ってくれる奴もいるが、講義内容を繰り返すような意見ばかりで、つまらなくて最近は議論することもなくなっていた。だけど田上なら面白い議論になる気がした。

「重ねて考えること自体、無意味だ。日本では福祉で利益を追求すれば人でなしのように言われる。福祉なんて余裕のある人間が自己満足でやるか、利潤の有り余っている企業がイメージアップに利用するか。あとは公でやればいい。わざわざ茨道《いばらみち》に足を突っ込む必要はない」

「でもさ、福祉にもいろいろあるじゃない。楽しく人助けして金になれば、いいことばっかりだろ？」

「お気楽な発想だな。なぜそうまでして福祉を商売に組み込む必要がある」

「だって、その方が楽しいじゃないか。困ってる人が笑って、手助けした方も笑えたら」

「みんな楽しく？　そんなのはありえない。社会的強者が抱《いだ》きがちな幻想だ。同じ店の中に百万円の物と十円の物が並べて置いてあって、誰もが楽しめると思うか？　高い物は高級感のある店で買うからこそ価値がある。安い物を買うだけで劣等感を覚える店になんて貧乏人は行きたくない。みんなが笑えるなんてあるわけない」

田上の意見は辛辣ではっきりしていた。話せば話すほど互いの間にある溝の深さが顕著になっていく。でもそれが行人には楽しかった。

「わかるけど、正論過ぎてつまんない」

「おまえは子供か。金持ちは夢見てる暇があっていいな」

「確かに僕は暇があるし金持ちだけど、考えるのは自由だろ。概念だけでできないって切り捨てちゃうのは頭が固すぎるよ」

言い返せば田上はしばし黙り込んだ。言いたいことを言い過ぎただろうか。怒らせたのかもしれないが、いつも怒っているような奴だから表情ではわかりにくい。

「上から見下ろすのと、下から見上げるのとでは、見えるものがまったく違う。見上げれば、乗り越えなくてはならない現実がよく見える。……高いところから、あれとこれをくっつければいいんじゃない？　と考えるのは簡単だが、近くにいれば、それが水と油ほど相いれないものだとわかる。俺が言っているのはつまらない正論かもしれないが、おまえが言っているのは現実味のない夢物語だ」

田上は冷静に冷水を浴びせかけてきた。怒ったわけではなく、行人の言葉をちゃんと考えてくれたらしい。理路整然と諭され、なるほど、とは思うのだが。

「でも、まずは考えてみないと始まらないだろ。僕は考える。そして田上に言うから、現実ってやつを教えてよ。夢見がちな金持ちにさ」

反論し、嫌味っぽく提案してみた。

「なんで俺がそんなこと……」

田上は深々と溜息をついたが、嫌だとは言わなかった。

自分の考えに自信があっても、田上はそれを絶対だとは思っていない。人の意見にも一応耳を貸し、ちゃんと考えて、大概の場合はやっぱり自分が正しいと結論を下す。

直感で動く行人と緻密《ちみつ》に考えてから動く田上とでは、考え方がまるで正反対だった。しかし田上は、行人の意見もひとつのデータとして捉え、それ自体を拒むことはしなかった。意見は必ずぶつかったが、転がって発展していくのを、行人だけでなく田上も面白がっている。仏頂面だが、たぶんそうだとわかると、行人は余計に楽しくなった。

田上はひねくれているが、ある意味正直な男だった。善人ぶらずに自分の意見を言う。しかし少々露悪的すぎるところはある。

初めて言葉を交わした日、田上はちゃんとフルートを聴いてくれていた。だから好きかと問いかけたのだが、まるで興味のない顔をした。とっさに思いついたのだろう言い訳がツボに入って、なんだか可愛いなと思った。

田上がいいと思ったのは直感だ。行人はこれまでの人生をほぼ直感で生きてきた。失敗も多いが、どうしようもないほど後悔したこともない。

冷静に考えれば、価値観も違うし考え方も正反対で、明らかに自分を嫌っている田上なんて、友達にはなれないと切り捨てるところだ。でも、手放しちゃダメだ、と直感が告げている。行人は理論より直感を信じる。

「なあ、田上。新太《しんた》って呼んでもいいか？」

出会ってから三ヶ月、新太郎《しんたろう》という下の名前をやっと教えてもらって、行人はそう提案した。田上は心の底から嫌そうな顔をした。

「は？　ふざけんな。死ね」

「死なないよ、僕は図太いから」

「俺は図太い奴は嫌いなんだよ。特に繊細そうな顔してるくせに図太い奴は」

「僕って繊細そう？　よかった。馬鹿っぽいって言われなくて」

王子だとか貴公子だとかよく言われるが、それは馬鹿っぽいと同義語では？　と思っていた。だから褒められているのではないとわかっていても、繊細そうなら悪くないと思えた。

「馬鹿っぽいじゃなくて、馬鹿だろ。本物の」

そんな言葉も田上に言われると悪くないと思えるから不思議だ。にこにこ笑っていると、田上はうんざりしたように溜息をついた。

■■■

嫌いなタイプが具現化したような男、それが中垣行人だった。

金の苦労などしたこともない資産家のお坊ちゃん。田上はこの大学に通う金持ちの子息をピックアップしていたが、その中でも行人はかなり上位にいた。

金持ちのお坊ちゃんが通う私立大学にはよくいそうなタイプ。それが国立の特Aランクの大学にいれば当然のように目立った。

行人自身に嫌味な感じはない。しかし田上から見れば、その自然体が嫌味でしかなかった。いつも友達に囲まれ、ちやほやされ慣れていて、中心にいても常にマイペース。人に嫌われることを恐れず、恵まれていることを当然のように受け止めている。

私立より安い授業料を、親孝行になるなどとは思ったこともないだろう。

容姿にも恵まれていた。白くてきれいな顔立ちにしなやかな四肢。チャラチャラというには品がよく、御曹司というには少し軽い。

開襟《かいきん》のシャツに細身のジーンズというラフな格好でも、自分が着ているものとは価格が一《ひと》桁《けた》違うだろうと容易に察せられ、見ているだけでコンプレックスを刺激された。

人が多いから田上のような学生ではない人間も紛れ込めるが、行人では人目を引きすぎて無理だっただろう。それ以前に紛れるなんてことをする必要はなく、行人はいつも正道を真っ直ぐに歩んでいける人間だった。

自分とは違う。卑屈になってしまうから、なるべく見ないようにしていた。

田上は劣等感を糧《かて》にここまで生きてきたようなものだが、実際はいがみ合うのが好きなわけではない。無駄な労力は使わない。穏やかに生きたいと思っているわけでもないけれど。

関わり合いたくなかったのに、なぜあの日、足を止めてしまったのか――。

田上の昼食はだいたいあんぱんと牛乳で、それをキャンパスの人気のない場所で、本を読みながら食べるというのがいつものスタイルだった。食事を終えて本に没頭していたら、風にのって音が聞こえてきたのだ。

鳥のさえずりのような涼やかな音色なのに、どこか寂しげなのが気になった。誘われるまま近づいていくと、音の出所が行人で驚いた。銀の横笛に吹き込む息が音になり、命を得て空間を彩る。その楽器は行人によく似合っていたが、音色が田上の知る行人とは違和感があった。

その音色を追ったのは、違和感の正体を知りたかったからかもしれない。

気づけば曲は終わっていて、視線を上げれば、こちらを見ている行人と目が合った。気まずくて無言で去ろうとしたのだが、行人はにこやかに、フルートが好きかと訊いてきた。

フルートなんて好き嫌いの対象ではなかった。データとしてあるのは、個人が持つには贅《ぜい》沢《たく》な楽器である、ということだけ。音楽などという腹の足しにもならないものに、大金を出す奴の気が知れない。

だから馬鹿にしたように言ったつもりだった。

「空気が穴を抜けていくだけの音に、好きも嫌いもない」

気分を害すはずが、爆笑されてしまった。面白いと言われて困惑した。

だから金持ちは嫌いだ。わけがわからない。余裕のある感じが、自分の卑屈さや小ささを浮き彫りにして、コンプレックスを刺激する。

嫌悪感と憎悪にも似た想いが込み上げた。問われて名を教えたのは、関わりを持ちたかったから、だったのかもしれない。もちろん友好的な関わりを持つ気は欠片《かけら》もなく、行人に向かう気持ちは悪意に満ちていた。

なのに、行人はいったいなにを気に入ったのか、やたらと好意的につきまとってくる。目立ちたくない田上としては迷惑この上なかった。

田上はここの正式な学生ではない。だから地味な格好で埋没することに努めていた。

この国には、勉強をする気もないのに暇潰《つぶ》しのように大学に通う人間がたくさんいる。他の大学に比べればそういう輩《やから》が少なく、講師陣もマシなのが多いので、田上はここを学習の場に選んだ。

とはいえ、授業料は払っていない。入学するための試験も受けてはいない。

有名進学校といわれていた高校で、成績は常にトップだった。しかし、十七歳の時に少しばかり悪さをして保護観察処分になると、高校も退学になった。阿万崎《あまさき》工業という鳶《とび》を生業とする更生施設で一年ほどを過ごし、保護観察が解けてそこを出てからは、あまり人には言えないような仕事をして金を稼いでいる。

そんなフリーター。昼は空いている時間が多いので、大学にはかなり真面目に通っている。国立大学なのだから、国民には学ぶ権利があるはずだ。ひとりくらい人数が増えても教授の仕事に変わりはないし、学生でなくても熱心に講義を聴く人間がいた方が張り合いがあるに違いない。そんな言い訳で自分を正当化した。

悪いことをしている自覚があるから、自分に言い訳をする。真っ当なことをして貧乏から抜け出せるなら、それに越したことはないが、現実は厳しい。高校中退では頭脳系のまともな仕事には就けなかった。

自分が悪いんじゃない、悪いのは自分の境遇だ。そう言い訳して、自分なりに必死に生きてきた。

いつかは抜け出す。いつかは……。

そう思っている田上にとって、行人はただひたすら目障りな存在だった。

かなりひどいことも言ったが、ふわりと包み込まれてしまう。その余裕は、生まれた時からぬくぬくと育ってきたから持てるものに違いなかった。苦労を知らない人間なんかに負けたくない。なれ合いたくもない。羨ましいなんて絶対に思いたくない。

傷つける言葉をぶつけても、行人はまるで意に介さず近づいてきて、いつしか巻き込まれていた。話をするうちに、行人がわりと真面目な学生で、いろいろと考えを巡らせているのだということはわかったが、自分とは相いれない存在であることもよくわかった。

無垢《むく》に懐いてくる人間が田上はこの上なく苦手だった。打算や欲や、そういったものが透けて見える人間の方がまだマシだ。

求められているものがわかるから、与えるか与えないかで相手を御することができる。

「田上、またお勉強しに行ってたの？」

今のねぐらに帰ると、部屋の住人にそう問われた。三つ歳上の商社勤務の男だ。住まわせてもらう代わりに抱いてやっているという間柄。完全なネコ気質の男は好みではないが、御しやすく体の相性も悪くなかった。なによりわかりやすいのがいい。

「本当、物好きだよねえ。大学が勉強するところだったなんて、僕は知らなかったよ」

面白い冗談のように男は言ったが、まったく笑えない。この程度の頭だから、勉強する意味もなかったのだろう。それでも商社に就職し、いいマンションに住むことができる。

不公平だと呪《のろ》ってみたところで、自分の現実が変わるわけではない。わかっているからせいぜい利用させてもらう。

弱肉強食は世の摂理だ。人生という戦場で気を抜いていられる恵まれた境遇の人間は、食った奴が悪いと言いがちだが、そんなのはただの甘えにすぎない。誰かが自分を護《まも》ってくれるなんて、どうして思い込んでしまえるのか。

幸せな幻想を打ち砕いてやるのも親切のうち……などと、また言い訳をする。

「厚彦《あつひこ》、例の取引の件はどうなった？　うまくいきそうなのか？」

ソファでくつろいでいる男の横に座り、肩を抱いて心配しているように問いかけた。

「ああ、あれね……。渡りをつけたのは僕なのに、課長が全部自分の手柄みたいにしちゃったよ。まあ僕も田上にアドバイスをもらったから、うまくやれたんだけどね」

上目使いに顔を覗き込まれ、それに作りものの微笑みを返した。

「俺のことはいい。うまくいきそうならよかった」

「うん。たぶん今月中には提携が決まると思う。ありがとね、田上」

「居候はこれくらい役に立たないと」

しなだれかかってきた男の柔らかい髪を撫《な》でる。

「居候なんて言わないで。僕はきみがいないと生きていけないのに」

キスを仕掛けられて、応えた。

「俺のコレがないと生きていけない、の間違いだろう?」

男の手を自分の股間《こかん》に導けば、恥じらうように頬を染める。しかしすぐにその手は動きはじめ、田上が動かずにいると、ファスナーを下ろして中のものを取り出した。

美味しそうに舐《な》める男を見下ろしながら、男は本当にちょろいと同性ながら思う。女は子宮でものを考えると言われるが、男は脳が下半身に勝てない。

その巧みな舌使いに、冷めた脳内とは裏腹に股間に熱が集まっていく。自分も浅はかな男のひとりだ。しかし、感情のままに行動することはほとんどない。先の先まで計算して、最善だと思う道を選ぶ。

今の最善はこの男を疲れさせ、ぐっすりと眠らせること。

テーブルの上にはノートパソコンが無防備に置かれていた。危機管理がまるでなっていない。下半身と同じにゆるゆるだ。

「あ、あっ、……いいよ、田上……。ねえ、下の名前を教えてよ……」

最中にそうお願いされたのはこれで何度目だろう。いつも適当にはぐらかしてきた。

「ユキト、だ」

「あぁあっ、ユキトォ……」

なぜその名前を出したのか。名を呼ばれた瞬間に後悔した。さすがに罪悪感が込み上げる。

いや、嫌悪感の方が近いだろうか。

名前を連呼するから、少しも集中できなかった。しかしセックスというのは冷めている方が巧くできるようだ。あくまでも技巧的には。

「ああ、ユキト、今日はすごいぃ」

最終的には思惑通り、ぐっすりと眠ってくれた。半ば気を失うように。

規則正しい寝息を確認し、田上はベッドから抜け出した。自分の持ち物をまとめるのにそう時間はかからなかった。元々荷物は少ない。

バーで知り合って、行くところがないと話すと、好きなだけここにいていいと言われた。田上は少しの間行方《ゆくえ》をくらませたい事情があって、しばらく寝床を借りるだけのつもりだった。男の仕事の愚痴を親身になって聞いてやったのは、抱くのと同じ家賃代わりだった。

しかし男は、ちょっと助言してやると詳しい取引内容まで話し出した。それで欲が出てしまったのだ。極秘に違いない情報を聞き、適当に助言しながら経過を確認する。そして今夜、ここにいる理由はなにもなくなった。

田上は男のノートパソコンを開き、データを自分のUSBメモリーにコピーする。知りたい情報はもう耳から入っていたから、これはただの趣味、情報収集の一環だ。

はたしてデータを盗まれたことに男は気づくだろうか。捨てられたと泣き暮らす様はありありと目に浮かんだ。

しかし、罪悪感はない。

傷つきたくないなら、素性もわからない行きずりの男を家に置いてはいけない。詳しい仕事内容なんて誰にだって話すべきじゃない。

信じるに足る材料なんて、田上はなにも与えなかった。教えたのは名字と、昼間は暇潰しに大学に行っているということだけ。その大学名も言っていない。

信じることと依存することは違う。これで少しは用心深くなるだろう。そのために裏切ってやるのだ、とまた言い訳する。

過去にひとつだけ、どんなに言い訳しても罪悪感の拭《ぬぐ》えないことがあった。最善の道と信じて振り下ろした刃《やいば》は、思いがけず自分自身をも傷つけ、かなりの深手を負った。相手の傷はさらに深かったはずだ。

普段は忘れたつもりでいるのだが、人と別れる時になると浮かんできて、その痛みを思い出す。後悔していることを認めたくなかった。悪いのは自分だけじゃない。言い訳を必死で探す。

だが、もう過去のことだ。失敗は繰り返さなければいい。

USBメモリーを引き抜き、名残惜しさを感じることもなく外に出た。

都会の明るい夜空に星が瞬《またた》いている。見上げても感慨はなく、田上はうつむき加減に歩き出した。我知らず暗い方へ。罪悪感はないはずなのに、足取りは重かった。

インサイダー取引だと疑われない程度に株を買った。たまたま買った株が運よく値を上げた、そんなふうを装う。

この辺りが自分でも小悪党だと思うが、疑われて面倒なことにはなりたくなかった。警察も揉《も》め事も嫌いなのだ。

幸い株はちゃんと値を上げ、情報流出を疑われることもなかった。調査されても、普段から株の売買はこまめにやっているし、一流商社の社員と自分を結びつける線はない。金額的にも儲《もう》かったのは百万程度だ。

大学通いは続けていた。知識欲を満たす暇潰し。同い年の大学生たちの能天気さに苛々《いらいら》することも多かったが、就職活動が活発になればさすがに奴らも現実と向き合わざるをえなくなる。

「なあ新太、就職どうすんの？」

「新太とか変な呼び方するな。気持ち悪い」

なんだかんだで行人と知り合ってから一年近くが過ぎていた。行人は飽きもせずそばに寄ってきて、無駄に親睦《しんぼく》を深めようとする。

「でもさ、新太郎じゃ長いだろ？　あ、太郎の方がいい？」

「殺すぞ」

なぜこの男には本当の名前を教えてしまったのか。

あまり好きな名前ではないので、人に教えることは滅多になかった。親だって真面目につけた名前ではないはずだ。確認したわけではないが、借金と一緒に捨てることができる程度の子供の名前を必死に考えたとは思えない。

「じゃあ、新タン」

「殺す」

ふざけた呼び名に本気の殺気が込み上げてくる。しかし、睨《にら》みつけてもまるで手応えがない。本気で相手するのは馬鹿らしいが、妙に侮れないところがある。

「あ、そうだ、新太ここの学生じゃないって本当？」

唐突な問いに、思わず答えに詰まった。いつものようにさらりと嘘をつくことができなかった。

「どっちでもおまえには関係のないことだろう」

「うーん、そう言われればそうかも」

馬鹿で助かった。密《ひそ》かに息をつく。

「僕はここの学生と話がしたいんじゃなくて、新太と話がしたいんだから、関係ないよね」

行人の邪気のない笑顔が苦手だった。なんの見返りも求めていないようなその笑顔が。

有償の好意は信じられても、無償の好意は信じられない。今すぐ切り捨てたくなる。意味もなくぶち壊したくなる。それもひどいやり方で。この衝動だけは抑えるのに苦労する。やってしまえば後味が悪いことはもう充分わかっているのに。

「俺がここの学生じゃないって、誰から聞いた？」

気持ちを落ち着けるために問いかける。別にばれてもかまわなかった。訴えられても大したことではない。

「えーと……誰だっけ？　大学って暇な奴多いから、馬鹿みたいな噂《うわさ》がすぐ広がるんだよな」

それ自体はすんなり納得できる話だったが、目を合わせない行人を不審に思う。

「行人……」

「あっ！　初めて名前呼んでくれた！　一年にしてやっとこの進歩」

嬉しそうに言われてその事実に気づく。行人の周りの人間が下の名前ばかり呼んでいるから、普通に口から出ていた。そしてなにを言うつもりだったか忘れてしまう。

「とにかく新太はやめろ」

未だかつて誰にもそんな間抜けな呼び方をされたことはない。

「了解、新タン」

「てめえ」

行人の笑顔の中に見えた幾ばくかの違和感を、田上は気づかないふりで見逃した。

キャンパスの中で見るはずのない男を見た。その暗い視線の先には友人たちに囲まれた行人がいる。それだけのことで田上はおおまかの状況を理解した。

「なにをしている、厚彦」

男の背後から近寄り声をかけた。男は驚いた顔でこちらを向き、そして泣きそうな顔になる。

「田上！　僕はずっときみを捜していたんだ。ねえ、戻ってきてよ。お願い」

スーツ姿ということは仕事中ではないのか。講義は終わったが、会社が終わるにはまだ早い時刻だった。

「俺が出たところに戻ることはない、絶対に。だから無駄なことはしないで、さっさと仕事に戻れ」

突き放すのは親切心だ。この男を好きではなくても、恨むほどの感情もない。

「ねえ、彼に乗り換えたの？　彼がユキトなんだよね？　ひどいよ、僕に新しい男の名前を呼ばせるなんて」

「俺の名前もユキトだと言ったら？」

「違うよ。彼はシンタって呼んでたもん！」

そうはっきり言い切ったから、今日が初めてではないとわかった。今日はまだ行人と話をしていない。新太と呼ばれてはいない。

なぜか急に攻撃的な気持ちが込み上げてきた。

「おまえ、いつから見てた？　ストーカーか？」

冷たく問えば、相手は慌てふためく。

「ち、違、僕はただ……」

「あれは俺のターゲットだ。ゲイじゃないし、変なことを吹き込んで俺の邪魔をするな」

「た、ターゲット？」

「あいつは金持ちのお坊ちゃんで、実にめでたい性格をしている。そろそろ金を引き出しにかかろうと思ってるところだ」

「さ、詐欺にひっかけるってこと？」

男はおどおどと問う。

「ちょっと拝借するだけだ。まあ返却する予定はないが」

ニヤッと笑ってみせれば、男は目を泳がせてうつむいた。

「僕も、ターゲットだった？」

「おまえからは金は引いてないだろ」

生活費などもろもろまかなってもらってはいたが、大金を直《じか》に搾取してはいない。

「株、買ったでしょ?」

「おまえに害はなかったはずだが」

「まあ……。じゃあこれから彼は騙《だま》されちゃうの? 可哀想《かわいそう》……」

「おい、顔が笑ってるぞ」

「だって……あの子といる時の田上、すごく楽しそうでむかついたんだもん。僕の知らない顔をしてた」

楽しそうな顔と言われて、ほんの少し動揺した。そんな顔をしている自覚はなかった。

「騙すためならそれくらいのことはする。俺は誰にも囚《とら》われない。だからおまえももう俺のことは忘れろ」

「……でも、忘れられないんだ」

「もっとひどいことを俺に言われたいのか?」

もうなんの興味もない冷たい視線を送れば、男は息を吞《の》んで、細く吐き出した。

「わかった……本当はわかってたんだ。でも……さよならくらい、言っていってよ」

「ああ、悪かった。じゃあ永遠に、さようなら」

感情のこもらぬ声で言えば、泣きそうにその顔が歪んだ。しかしなにも感じない。男はもう一度大きく息を吐くと、抱きついて口の端にキスをした。田上はそれを微動だにせずに受け止める。

「じゃあね」

目を真っ赤にして去っていく。

後ろ姿を見送ることもせずに踵を返せば、数人がハッと目を逸《そ》らした。大学の構内だ。まばらにだが人目はあった。これが噂になるのか、取るに足らないと流されるのか、どういう反応をされるのかは読めない。

しかし別にどうなってもかまわなかった。

――行人はどういう反応をするだろう。

そんなことが気になった自分に苦笑する。どうでもいいじゃないか。誰にも囚われないと言ったのは、つい今し方だ。

囚われているわけではない。行人は意外な反応をするから、それに興味があるだけ。言い訳する必要もないのに、必死で言い訳をしている自分に危機感を覚えた。

「……このあたりが潮時か」

まだ勉強したい気持ちはあるが、特別ここでなくてはならない講義はもうほとんどない。

行人との接触を断つなら、ここに来なくなればいいだけだ。

しかし、ただ消えるだけなんて芸がない。ターゲットだと言ったのは、男を納得させるための方便ではなく、常々考えていたこと。だから今まで付き合っていたと言ってもいい。

せっかく金持ちとお近づきになれたのに、利用しない手はない。それも行人の家は半端ではない金持ちだ。行人の祖父である中垣貿易会長、中垣秋貞《あきさだ》の資産は億を超え、いずれはそれを行人が受け継ぐことになる。いくら浪費家の両親がいても、すべて食い潰せるとは思えなかった。

不況の風に吹かれて簡単に飛んでしまう町の材木屋の社長などとは、金持ちの次元が違う。きっと生涯、金の心配などせずに生きていけるのだろう。少しくらいかすめ取ったところで痛くもかゆくもないに違いない。

嫌いなのだ、苦労知らずで能天気で、自分を慕ってくる男は……。何度も突き放したのに無防備に懐くのが悪い。若いうちに痛い目を見ておくのは本人のためでもある。

そんな言い訳を並べたてる。

金持ちから金を騙しとるのに言い訳は必要ないと思っているが、一年はさすがに長すぎたようだ。

一年越しの裏切りは過去にも一度経験がある。苦い思い出だ。しかしあれとは違う。今回は金だけ。他は奪わない。

行人から金を騙しとるのは難しいことではないだろう。

金持ちにも二種類あって、金に固執し、儲け話は好きだが慎重なタイプと、金に執着のない、優雅で施しの精神に溢れたタイプ。どちらも騙すのはわりと簡単だが、前者の方が騙し

がいはある。行人は確実に後者で、きっと騙しがいはない。

くだらない議論に付き合ってやった礼金だ。行人の夢物語にずっと駄目出しをしてきたが、これが最後の実習。世の中はそんなに甘くないし、単純にもできていない。

しかし、金を騙しとられたくらいで、はたして行人が傷つくか……。簡単に立ち直りそうなのも、それはそれでむかつく。

もっと深い傷をつけてやろうか――そんな欲望がむくりと頭をもたげた。過去の情景がよみがえってきて、そこに行人を当てはめれば、ざわっと血が騒いだ。込み上げそうになる衝動を押し殺す。

それはダメだ。もう同じ失敗はしないと決めた。得るものはなく、後悔だけが後を引く。意味のない馬鹿げた行為だ。体に引きずられて理性が負けるなんて、プライドが許さない。

行人のためではなく自分のために、絶対にしない。

金にも家族にも恵まれなかった自分にある資産は、この冷静でずる賢い脳だけだ。これを駆使して人を騙すのは、親の七光りで仕事を得るのとさして変わらないと思っている。

少々あくどいことをしてでも金を稼いで、資金を貯めて事業を始める。そして、生まれながらに恵まれている人間の上に立ち、見下してやるのだ。

今はとにかく金。情報収集。自分を肥やすこと。同年代の人間とへらへら遊んでいる暇なんかない。

どうやって、いくらいただこうか。計画を立てるのは好きなはずなのに、少しも心が浮き立たない。案のひとつも浮かんでこない。

高いところから低いところへ、金だって流れなくては腐ってしまう。だから……。

浮かぶのは言い訳ばかりだった。

○○○

「行人ぉ、なんであんな変な男をかまうの？」

「変なって、新太のこと？　それは面白いから」

「面白い？　どこが？　よく見れば顔はいいけど愛想ないし、すっごく嫌な感じじゃない？」

「その嫌な感じが面白いんだろ」

怪訝《けげん》な顔の相手ににっこり笑う。誰にもそのよさがわからないというのがいい。しかし行人も田上のなにがいいのか明確にわかっているわけじゃない。

いわゆるいい人ではない。でも惹かれるし一緒にいて楽しい。友達付き合いをする理由としてはそれで充分なはずだ。

田上がいる講義がある日には少し浮き浮きする。教室に入ると真っ先にその姿を探してしまう。まるで恋でもしているかのようだ。

だからだろうか、田上とスーツの男のキスシーンは、行人に大きな衝撃を与えた。ゲイだということは本人から聞いていたのに、実際に見るとなぜかわからず動揺した。男同士のキスを見たのが初めてだったから、というのもあるかもしれないが。

実際のところ二人がどういう関係なのかは知らない。田上の表情はドライで、相手の顔は見えなかったが、恋人という甘い雰囲気はなかった。

別に恋人でもいいのだけど……。あまりいい気持ちがしなかったのは、自分の中にも同性愛に対する偏見があったからなのだろうか。

それでも、教室に入れば目が自然に田上を探す。最前列の一番端。いつものところにその姿を見つければホッとする。

「おはよう、新太」

行人はいつものように田上の横に座る。さっきまで一緒だった友人達はぞろぞろと後方の席に向かった。これもいつものこと。

ごく稀に、近くに座って会話に食い込もうとする者もいたけれど、講義の前後はほとんど話さないし、田上はまったく愛想がないので、気まずくなって離れていく。だから、なにが楽しいのか、と訊かれるのかもしれない。

二人だけになるとそれなりに会話はある。田上から話してくることはないから、自然と行人ばかりが話すことになるが、田上は一応返事をくれる。

前に約束した通り、行人は夢物語でしかない思いつきを田上に提案し、それに対して田上は現実的な問題点を次々に上げていく。ほとんどが直後に粉砕されてしまう。

田上の第一声はだいたい「おまえは馬鹿か」「甘い」「ぬるい」そんな言葉だ。凹《へこ》まそうとしているとしか思えない痛烈な駄目出しの数々に必死で抵抗していると、そのうちなんだか実現可能なんじゃないかと思えてくることがあった。

そういうやり取りが楽しいのだから、田上がゲイでもそんなことは関係ない。誰とキスしても自由だ。さすがに大学の構内というのはちょっといただけないが。

いつも通り行人の挨拶《あいさつ》に田上からの返事はなかった。しかし田上がいつもとなにか違うような気がした。どこが、とはわからないのだけど。

「あのさ、新太って恋人いるの？」

行人は黙って自分の中で消化するということができない性分だった。率直に問うてみれば、田上がギョッとした顔を向けてきた。

「おまえは……いつも唐突だな。デリカシーに欠けるとか言われるだろう？」

「言われるねえ……。でも、見ちゃったんだよね、新太がキスしてるところ」

「ああ。……で？」

「で？　って、なにが？」

「感想は？」

「だから、あの人は恋人なのかな？　ていう感想」

「どうでもいいだろ。おまえに関係ない」

そこで教授が入ってきて、会話は途切れた。講義中はもちろんいっさい喋らない。終わった時には、確かにどうでもいいことだ、と思うようになっていた。

だけどやっぱりなんだかモヤモヤする。関係ないはずだけど、関係なくはない気がする。異分子が間に割り込んできたような不快感。

「なんか、あの人見たことがある気がするんだよなあ……」

それは不意に思いついたことだった。今まではキスのインパクトが強すぎて、相手のことにまで考えがいたらなかった。

田上は眉を寄せ、しばらく考えて口を開いた。

「おまえに、俺がここの学生じゃないと教えた奴か？」

「あ！　そうだ、それだ。あの人だ」

言われて思い出した。そうだ、たぶんあの時の人だ。あの時もスーツ姿で近づいてきて、田上と友達なのかと訊いた。そうだと答えると、あいつはここの学生じゃないんだよ、知らなかったでしょう？　と、どこか得意げに教えてくれた。それがちょっと気に障った。

田上は深々と溜息をついた。

「あいつ、ちょっと病んでるから」

「病んでるって……どういう？」

「そのまんま、心が病んでるってことだ。少し前に付き合ってたんだが、別れてもずっと俺につきまとって、最近はストーキングもエスカレートしてきてる。もしかしたらおまえにもなにかしてくるかもしれない。気をつけろよ」

「僕？」

「おまえが新太とか変な呼び方するから、奴はおまえを俺の新しい恋人だと誤解してる。なんらかの危害を加えられないとも限らない」

「え？　ええ？」

「恋人じゃないとは言ったが、まあ病んでるからな。俺にはあまり近づかないことだ」

淡々と言って、田上は荷物をバッグにしまう。

「新太はどうするの？　ストーカーなら警察に……」

「は？　俺が警察に？　ストーカー被害で？」

田上は馬鹿にしきったように笑った。確かにそれは普通に考えてもありえない光景だが、他にどう対処すべきなのか行人にはわからなかった。

「別に刃物を持ち出してくるわけじゃない。適当に相手するさ」

そう言われると、もうなにも自分にできることはなかった。

「気をつけろよ」

そんなおざなりなことしか言えない。それでも心からの気持ちを込めて言ったのだが、田上はやっぱり馬鹿にしたような顔で流した。

「おまえがな」

田上はそれからもまるで変わらなかった。キャンパス内であの男の姿を見ることはなく、今もストーカー被害に遭っているのかどうかもわからない。

「新太、その後どうなんだ？」

「俺に近づくなと言っただろう」

「でも、気になるし……」

「おまえには関係ないことだ。無駄に被害を拡大させるようなことをするな」

「じゃあ、やっぱりまだつきまとわれてるのか？」

「そのうち飽きる」

「そのうちっていつだよ。それまで僕は新太と話もできないの？　新太も誰とも親しくできないじゃないか」

「俺は誰とも親しくなんてしないし、おまえには関係のないこと……」

「関係なくなんてない！　僕は新太といると楽しいし、楽しい時間を邪魔されるんだから関係なくない！」

思わず大きな声になってしまった。最近は田上がなにかと距離を取ろうとするから、少しイライラしていた。関係ないと何度も言われると悲しくなる。

必死な行人の顔を田上は呆れ顔で見つめる。うんざりしているのかもしれない。ポジティブな意味合いの表情でないことだけは確かだった。

もちろん行人も喜んでくれると思って言ったわけではない。発作的な言葉だった。激情に駆られること自体、滅多にあることではなくて、自分でも少し驚いた。

「勝手にしろ」

向けられた背中を行人は笑顔で追いかける。今までだって勝手にしてきた。田上はいつもそれに応えてくれた。

「大丈夫、僕が護ってあげるから」

追いついて肩を抱けば、田上は心底嫌そうにこちらを見た。眉を寄せた顔が一瞬、泣きそうに見えたが、それはありえない。見間違いだろう。

「おまえに護ってもらうほど、俺は落ちぶれちゃいない。おまえのお節介は迷惑なだけだ」

田上は突き放すように言って、実際行人を押しのけた。

「金持ちは自己満足が好きなんだって、前に新太が言ってただろ？」

「暇人め」

罵られるのは痛くもかゆくもない。距離を置かれるより断然マシだった。

それからも行人は田上と一緒にいた。といっても、行人が一緒にいるのはキャンパス内だけなので、田上が今もつきまとわれているのかどうかはわからなかった。少なくとも行人の目の触れるところには現れていない。

「おまえは恋人じゃないと念を押しておいたから、たぶん大丈夫だ。大学にも来るなと言っておいた」

「新太の言うことには従うの？」

「従うならストーカーなんてしないだろう。入院させたいが、無理な話だし」

「え、入院って、そんなレベルなの？」

通院ではまかなえないほど症状が悪いのなら、相当危ないのではないか。外に危害を加えるタイプか、自傷行為に走るタイプかはわからないが。

「あいつはひとり暮らしで身寄りもないから、行動を見張る人間というのがいない。一度言いくるめて病院に連れて行ったら、入院した方がいいと医者に言われたんだ。でも、今はまだ仕事にも行っているようだし、入院しても入院費を払う人間がいない。放っておくしかない」

「そうなんだ……」

働けているということは、日常的な分別はあるということだろう。やはり飽きるのを待つしか方法はないのか。ストーカーというと物騒な事件ばかり思い浮かんで、ナーバスになりすぎているのかもしれない。

そう思ったのだが——。

大学の中は安全だと思っていたし、おまえに危険が及ぶという田上の言葉を、あまり真剣に受けとっていなかった。心配なのは田上の身の安全だけだと思っていた。

ゼミの準備で、行人は両手に荷物を抱えて階段を下りようとしていた。段ボール箱ひとつでそれほど重いわけではないが、大きくて持ちにくい。足下に注意して一段目に足を着こうとしたところで、背中になにかがドンッとぶつかった。

勢いよく前に押し出され、足は階段の代わりに宙を踏んだ。やっと階段を捉《とら》えた時には完全に前のめりで、体は重力に従って落ちていく。身をよじったのが、行人にできた唯一のことだった。上を向いた視界の端に走り去るスーツの男を見た気がした。

しかし声を発することもできず、肩から落ちるのを覚悟する。ガツッとくるはずの衝撃は意外に柔らかく、体をなにかに包み込まれる。それでも腰と足はガツガツと階段にぶつかりながら、踊り場まで落ちた。

「大丈夫か？」

頭の後ろから声がして、振り仰げば田上が眉間《みけん》にしわを寄せていた。しっかりと腕の中に抱きしめられている。すぐには事態が呑み込めなかった。

「新太？　おまえこそ大丈夫か⁉」

我に返って身を離せば、腰が少し痛んだ。しかしそんなのは大したことない。田上は下敷きになって、どんな体勢で落ちたのか。頭を打ったのではないかと、そっと手を伸ばす。

「俺は大丈夫だ。……悪いな、やっぱ巻き込んだ」

ぎゅっと抱きしめられて驚く。クールな田上がそういうことをするとは思いもしなかった。

「新太……？」

戸惑った声が出たのは、人目が気になったわけではなく、どうしていいのかわからなかっただけ。嫌な気分ではなく、こんな場合だが少し嬉しかった。

「ああ、悪い」

田上が体を離してしまうと、物足りなささえ感じる。

「大丈夫？」

周りにいた人たちが心配顔で寄ってきた。そこには二、三人ほど人がいたが、行人を押した人間を見た人はいなかった。

立ち上がればやはり腰が痛んだが、田上の前では平気なふりをした。田上も痛めたところはないらしく、安心した人々はそれぞれに散っていった。踊り場に二人が残る。

「行人……こんなことになるなら、もっと早く対処しておくべきだった。すまん」

田上は頭を下げた。

「新太のせいじゃないよ。おかげで怪我《けが》もないし」

行人が明るく言っても、田上は頭を上げない。そしてそのまま言った。

「……恥を忍んで頼む。俺に金を貸してくれないか？」

「え、お金？」

なぜいきなりそういうことになるのか、わけがわからなかった。田上は顔を上げると、神妙な顔で説明をはじめた。

「あいつを病院に入れる。でも今は、入院させるために保証金ってのがいるらしい。特に精神科は治療も長引くし、治療費を払わずにばっくれるのが多くて、一日一万円×三百六十五日分を最初に払わないと引き取ってくれない。委託金だから、もちろん余った分は返してもらえる。あいつは身内もいないし、俺の貯金じゃ十万がやっとだ。あいつ自身の金なんて期待できない。でも……さすがに三百五十万は甘えすぎか？」

じっと見つめられて、すぐには言われていることを消化できなかった。言っている意味はわかるが、その表情も申し出も田上らしくない。

「新太……」

「おまえを護るためでも、こんなのは筋違いな頼みだとわかっている。でも、俺にはそれだけの金が出せそうな知り合いはおまえしかいない。もちろん俺が責任を持って返す」

行人は田上の顔をじっと見つめ返した。

そうすれば田上のためにも自分のためにもなるのだろう。田上の言うことを信じるのは難しいことではなかった。

本当にどうしても必要なお金なのか。その金額は妥当なのか。考えてわかることではないなら、ちゃんと調べてから結論を下すべき。お金を貸すならそうするのが正しいということくらい、いかな世間知らずでもわかる。

しかし、そういうことをする気になれなかった。その金を出せば田上は楽になれるのだろう。だったら、なんとかしたい。

「……いいよ。三百六十五万、僕が出すよ」

行人はにっこり笑って言った。いつもなら、これだから金持ちは……という顔をする田上が、ホッとした顔をした。

「いいのか？　……すまない。助かる」

申し訳ない、という表情は、この場合正しい表情なのだけど、なぜか違和感を覚える。

田上は行人の口元あたりへ視線を落とし、手を伸ばしてきた。頬に触れたのは一瞬で、すぐに引っ込められた。

「新太？」

「いや。怪我がなくてよかった……ありがとう」

田上は行人の目を見たが、行人は目が合っているように感じなかった。自分を通過してもっと遠くのなにかを見ている。いや、なにも見ていない？

まるで自分が消え失《う》せたような心許《こころもと》なさを感じた。そしてそれは、その後すぐに現実になった。


実際のところ、行人がすぐに自由にできる現金は百万円程度だった。定期的な小遣いというものはなく、なくなったらもらうという感じで、お年玉や入学祝い金、モデルやフルート演奏で手にしたお金など、少し大きい額だと銀行に預けて、それがそのまま放置されている金額だ。

大きな金額のものが欲しい時には親のクレジットカードを使った。

行人自身は無駄遣いなどしたことがないが、浪費癖のある母親は自分以外が使う金には細かかった。大きな額であれば確実に用途を訊かれる。二百五十万円の用途を適当にごまかすのは難しかったし、あまり嘘はつきたくなかった。

だから祖父に頼んだ。どうしても必要なので、二百五十万円貸してほしい、と正面から頭を下げた。

「理由は？」

祖父はいかにも好々爺《こうこうや》という風情だが、眼光は鋭かった。見た目で侮ると痛い目を見ることになる。しかし、話はわかる人だった。

「友人のために」

「友人？　貸す、ということか」

問われてつかの間、返事に間が開いた。

「いえ、僕が友人のために使います」

自分でもなぜそう言ったのかわからない。心のどこかで田上のことを信じ切れていなかったのかもしれない。祖父に頭を下げ、必ずお返しします、と言ったのは、田上の返済を期待してのことではなく、自分で稼いで返す心づもりだった。

「二百五十万分のただ働きというのは、相当大変だぞ。わかっているのか？」

「わかってる、とは言えないけど、やります。あいつは僕にとってそれだけの価値があると思うから」

「ほう。おまえが他人をそういうふうに言うのは珍しいな。どういう人間だ？」

「……すごくひねくれてて、だけど向上心は高くて、人間嫌いだけど人恋しくて、冷たいけど熱くて……面白い奴です」

田上を一言で説明するのは難しい。裏腹な心の内は行人だって確信があるわけじゃない。でも、行人を邪険にしきれないのは人恋しいからで、冷たく見せているのは内にあるものを隠すための鎧《よろい》。情熱なんて持っているのは恥ずかしいと思っている。行人にはそんなふうに見えた。まだ見えていない部分も多くて、もっと知りたいと思う。

「なるほど。まあ、いいだろう」

今の説明でなにがわかったのか、言った行人にもわからなかった。これで二百五十万を貸してもらえると知ったら、さすが金持ちと田上に鼻で笑われそうだ。

でも、金持ちが出し渋ったらお金は回らない。価値があると思ったものには金を使う。それが持っているものの正しい姿勢だ、と言ったのは祖父だった。

ただ、価値を見極めるのは難しい。値札が付いていたって適正だとは限らない。見る目がなければ金をどぶに捨てることになる。

自分の貯金と合わせて三百六十五万円。その分厚い封筒を田上に渡した。

「ありがとう、行人」

受け取った田上はかすかに笑った。嬉しそうな、ではなく、自嘲《じちょう》気味のどこか寂しそうな笑みだった。

「重いな……」

「うん。僕も現金で持ったのは初めてだよ。この重みが、ちゃんと生かされればいいな」

「ああ。生かすよ、ちゃんと」

田上は言って、今度はいつもの田上らしい、ニヤッと人の悪い笑みを浮かべた。

なにかを吹っ切った顔だ、とは思ったのだ。

その時に吹っ切られたのは、行人のすべてだった。

田上はそれっきり行人の世界から消え失せてしまった。翌日からどの講義にも姿を現さず、それだけで切れてしまう程度の絆《きずな》でしかなかったことに、今さら気づいた。

甘い。確かに。だけどショックだったのは、金を騙し取られたことではなく、田上に少なからず好意を抱かれていると思っていたのが、ただの自惚《うぬぼ》れでしかなかったということ。好きな人に好かれていなかったという事実だけで、人はこんなにも落ち込めるのかと思った。

呆然《ぼうぜん》と、まるで氷の中に閉じ込められたような状態で二週間が過ぎた。楽しいことがなくても、積極的に生きようとしなくても、人は生きられる。

「行人ぉ、元気ないよー？」

友達には口々に言われた。たぶん行人が一番苦手とする、生気のない人になっていたのだろう。

「そんなに元気ない行人見るの、綾乃《あやの》が亡くなった時以来かも……」

ひとりがそう言ったのに、周りが焦った顔になる。それは禁句だと気にしているのは周りだけだ。

「そうか……そうだね」

結婚するはずだった女性が事故で死んだ時、確かに行人は落ち込んだ。ずっとそこにあった存在の欠落は、簡単には埋まらなかった。

でもあの時は、事故による突然の死という衝撃があまりにも強かった。死ではなく、別れだったなら、あそこまでショックは受けなかったかもしれない。

「誰かお亡くなりになった、とか？」

恐る恐るというふうに訊いてくる。

「いや。死んではいない。死んでは……」

生きているはず。生きているからこそショックなのだ。これからの人生におまえは不要だと言われて。たった三百六十五万に代えられてしまった自分という存在が悔しかった。

信じていた、とは言い切れない。どこかで、ああやっぱり……と思っている自分もいる。

でも、信じたかったのだ。

「じゃあじゃあ、失恋、とか？」

「失恋か……似てるかも」

好きだと告げる以前に、ごめんなさいと言われたようなものだ。自分も好きだと答えてくれるものと思っていたのに、捨てられた。裏切られた。

失恋したと言っては泣いている友達を、運命の相手じゃなかったんだよ、今からもっといい人に会えるんだよ、などと慰めていた自分が恥ずかしい。失恋の本当のところをなにもわかっていなかった。大好きな人が自分を選ばなかった――たったそれだけで未来が消えたような気がするなんて、思いもしなかったのだ。

「えーっ、行人、好きな人いたの⁉　誰？　誰？　ふられたの？」

「ふられては……いない。恋、でもないし……」

なーんだ、という顔を周りの女友達はしたけれど、行人にとっては恋より重要だった。

最初から自分がつきまとっていただけで、最後まで田上は冷たかった。嫌いなタイプだとも言われていたし、田上の方から声をかけてくれたことはなく、行人が誘ってもほぼ断られた。大学の外で会ったのは、最初に食事をしたあの時だけだ。

それでも田上との会話は楽しかった。田上だって時々は楽しそうにしていた。熱さを垣間《かいま》見《み》たり、誠実さを感じたりしたのは、勝手な妄想だったのか。

いつから騙すつもりだったのだろう。どこからどこまでが嘘だったのか。

知っているのは田上新太郎という名前と、聴講が趣味でこの学校の学生ではないらしいということ。住所も職業も知らない。名前だって本名とは限らない。携帯電話の番号もメールアドレスも当然ながら変えられていた。

騙されて負債を抱えるなんてもちろん初めてだが、それだけならこれも経験と前向きにとらえることができただろう。

相手が田上でさえなければ……。

自分でも呆れるほど田上に執着してた。執着という感情自体が初めてかもしれない。

二年半前に死んだ彼女は幼い頃からそばにいたし、いてほしそうだった。彼女側からの執着を不快に思わなかったから、この子とならずっと一緒にいられるかもしれないと思った。互いの祖父が二人の結婚を望んでいて、彼女はその気だったし、行人も断る気がなかった。だから彼女が生きていたら、きっと結婚に至っていただろう。

でも彼女は永遠に行人の前から消えた。それは諦《あきら》める以外にない、死という別れだった。

しかし、田上は死んだわけではない。生きている。

田上のこれからに行人は必要ではなかった。でも、行人のこれからには田上が必要だった。だから、未来を失ったような気分になってしまった。

自分の未来を田上にどうにかしてほしかったのか……？

否。田上と一緒ならいろんなことができそうな気がしたのだ。楽しいことがたくさんできる気がした。二人一緒なら。

田上を捜そう。そう思い立った瞬間に、行人を固まらせていた厚い氷が溶けて、四肢が自由を取り戻した。生き生きとした表情が戻る。

そうだ、捜せばいい。たとえ田上が求めていなくても自分には捜す権利がある。

手がかりなんてなにもないし、田上は見つからないようにしているだろうから、見つけるのは困難に違いない。

それでも、自分が捜したいから捜す。もう会えないなんて嫌だ。死んだわけじゃないんだから……。

自分にこんなしつこさがあるとは思ってもいなかった。去る者を追ったことなんて今まで一度もない。だけど、また会えるかもしれない、その可能性だけで元気が出た。

絶対、捕まえる。それはただ自分のために。田上の気持ちなんて考えてもわからないし、訊いても正直になんて答えないだろう。

わからないことを思い悩んでもしょうがない。田上は田上自身のために生きている、それだけは確かなはずだから、自分も自分のために生きる。それにはまず田上捜し。

行人はにっこり笑って、意気揚々と歩き出した。

■■■

あまりにも簡単すぎた。呆気《あっけ》なさすぎる。騙しがいも手応えもあったものではない。

これだから、金持ちのお坊ちゃんは……。

田上は分厚い封筒をテーブルの上に無造作に置いた。

行人が感じる重みと、自分が感じる重みは違う。絶対に。

病院名くらい訊かれると思った。もちろんその用意もしていた。入院に保証金が必要な病院は実際にある。かなり重症の訳あり患者ばかりを収容するところだから、入院の予定や患者個人についての問い合わせには一切応じない。個人情報の保護というのは、詐欺師にはありがたいお言葉だ。

しかし行人は病院名さえ訊かなかった。調べたり問い合わせたりする気がなかったのだろう。三百万円超の金も、行人にとってはドブに捨てられる程度の端金《はしたがね》だったのだ。普通の大学生には一年かかっても用意できない金額も、行人にはたった数日で用意できてしまう。

よほど階段から突き落とされたのが応えたのか……。

いや、そうじゃない。わかっている。行人は我が身可愛さに金を用意したわけじゃない。たぶん、信じてくれた。もしくは試したのかもしれない。信じられる人間かどうか。

しかし、それもしょせん金持ちだからできることだ。友達を試すのに普通は三百六十五万円も懸けられない。

結局、友達なんかではなかった。さすがの行人もそう結論づけただろう。ただ一時期、縁が少し交わっただけのこと。その縁も断ち切った。これで終わりだ。

同い年の相手となんの打算もなく話をするのはすごく久しぶりだったから、ほんの少し縁を絶ちがたく思ったのは事実。

階段から落ちる行人を見た時、自分でやれと命じておきながら、肝が冷えた。とっさに自分の安全も確保せずに抱きしめて、無事だと知って心からホッとした。

馬鹿げている。自分で書いたシナリオ通りだったのに……。

抱きしめた行人の体は、意外にも腕の中にすっぽりと収まり、細身で張りのある体を離しがたく思った。もしも行人が苦労知らずのお坊ちゃんでなければ……自分をあんなに慕わなければ、とても好きなタイプだった。

しかし、好みなのは体だけ。行人が行人である限り、抱く対象にはなりえない。絶対ない。

誰も好きにならない、伴侶《はんりょ》も相棒もいらない、ひとりで生きていくと決めたのだ。

信じるから騙される。しょせん人は自分が一番可愛いのだから、自分を護るためなら自分の子供だって切り捨てる。

いや、自分に愛される価値がなかっただけか……。

「タガちゃぁん、冴《さ》えない顔ねえ。男前が台無し」

バーカウンターの中から、少々いかついママが声をかけてくる。

「男前、ねえ……。まあ親がくれた数少ない使えるものだから、利用はするけど……わりとどうでもいいな。顔がいいからって甘い人生が送れるわけじゃない」

男女とも引っかけるのに苦労はしないが、それだけのことだ。騙すには努力と技術がいる。知識もなくては円滑に活用できない。

「まあ、それはそうね。きれいな顔だって、ぶさいくだって使い方次第よねえ。悪いことに使うと、人生は着実にダメになっていくけど」

経験に関してはまだまだなのだろう。だけど己の信念は曲げる気はなかった。

「それはお説教?」

「なあに、悪いことに使っちゃってるのぉ?　……私なら騙されてあげてもいいわよ」

ウインクを飛ばされて、クスッと笑えば少しばかり力が抜けた。

「騙されるのを覚悟してる人間を騙しても面白くねえよ」

「やな男。でもなんで憎めないのかしらねえ……。楽しそうじゃないからかしら」

確かに楽しくない。本当に少しも楽しくない。いつもは達成感くらいはあるのだが……。もうあいつと馬鹿みたいな議論を真面目にすることもないし、夢みたいな意見をこき下ろすこともない。あの笑顔が自分に向けられることは永遠にない。

思った以上にダメージが大きかった。ガードしたつもりのボディブローがしっかりみぞおちに入っていて、後からじわじわと効いてくる。今にも膝《ひざ》を突いてしまいそうなほどのダメージは想定していなかった。

これを後悔と呼ぶのかもしれないが、認めたくなかった。

こんなのは今だけの感傷だ。いつも通り、金を持ってる奴から自分の才覚で金を引き出し、いただいただけ。

簡単に騙される行人が悪いのだ。あいつは金の大事さをまったくわかっていない。一円が足りなくてパンが買えない、なんてことが現実にあるなんて、思ったこともないだろう。騙されても自業自得だ。

「あそこまで馬鹿だとは思わなかった……」

信じてくれて嬉しいと思うより、落胆が大きかった。疑われ、言い負かされることを心のどこかで期待していたのかもしれない。馬鹿みたいな議論でも、行人が馬鹿ではないことはその意見を聞いていればわかった。そもそも最高学府の学生だ。

しかし肝心な時にその頭が使えなくては意味がない。

「難しいわよね、タガちゃんの好みは。馬鹿でもダメ、達観しててもダメ、でも骨のある子が好き。好きな子は虐めちゃう。あんたが一番ダーメッ」

的確な駄目出しに苦笑する。まったくその通りだ。反論する気も起きない。

毎日は空虚に過ぎていく。預金の残高が増えるごとに、心の中が空っぽになっていく。しかし、そこは元々空っぽだったはずなのだ。時々そこになにかが注ぎ込まれると、その都度自分で取り除いた。空っぽが楽でいい。

頭には知識を、懐には金だけを詰め込み、経験を重ねてさらに小賢《こざか》しく、誰よりも上へ。それが田上の理想とする人生。それを実現させる手段には拘泥《こうでい》しない。

とにかく見下したい人間がいっぱいいるのだ。その顔を思い出そうとしたが、すべて札束に変化して、両親の顔すらもう定かではなかった。はっきり思い出せるのは、空っぽの心になにかを注ぎ込んだ人の顔ばかり。

しかし、この人生を引き返すことはもうできない。やり直すことなんてできないし、したいとも思わない。

すべては踏み台だ。両手にはなにも持たず、ただ上へ上へ。

後悔なんてしている暇はない。金で壊された人生は、金でしか取り戻せないと思っていた。

○○○

田上が姿を消して半年ほどが過ぎた。

行人は自分が意外と根気強いことを知る。頑張るというのは心地いい。

なんの手がかりもないところから、写真一枚を手にこつこつと捜し続けた。写真は以前に無理矢理一緒に撮ったもので、田上が見れば、こんな写真で捜すなとクレームをつけられそうな代物だ。仏頂面で視線もどこにあるのかよくわからないが、男前ではある。

クレームでもなんでも受け付けてやるからさっさと出てくればいいのだ。

卒業はもうすぐそこに迫っていた。行人もとりあえず就職することにして、食品の最大手といわれる一流企業に内定をもらっている。

内定をもらった時には、ホッとするよりも罪悪感のようなものが込み上げてきた。会社のためになにかしようという意欲より、自分のために会社で少し修業させてもらおうという気持ちが強かったからだ。もちろん働くからにはできることを精一杯やるつもりだが……骨を埋《うず》めるつもりはまったくない。

夢は起業。それは変わっていなかった。なのに企業に就職する自分が、逃げに走っているようで情けなくもある。

——でも、僕は世間知らずだからな……。

田上に散々そう言われて、下から見上げる景色をちゃんと知らなくてはいけないと思った。だから祖父とはなんの所縁《ゆかり》もない会社を選んだ。

就職は困難だと言われる時代、何度も面接を受けては落ちて、ということを行人もやるつもりだった。しかし、一発で受かってしまった。予定外。

どうも世間は行人に甘い。

そんな行人にとって、田上はまったく思い通りにならない異質な存在だった。特別扱いもしないし、羨んだりもしない。あの罵倒《ばとう》がまた聞きたい、と思うあたりマゾヒストだという田上の指摘は当たっているのかもしれない。

どうやったら田上は見つかるのか……。半年も手がかりが見つからなくては途方に暮れるばかりだ。金を使って捜すことも考えたが、気が進まなかった。なんとか自分の力で捜しあてたい。

　行人は田上の捜索と並行してアルバイトもしている。もちろん祖父に金を返すためだ。それでも、もらう給料をすべて返済にあてられる身分は、恵まれているのだろう。

　アルバイトを始めるにあたって行人が考えたのは、人がたくさん来るところがいいということ。働きながら田上に会える確率が増えれば一石二鳥。だから、田上が来そうなところがいいと思ったのだが、それがどこかさっぱりわからなかった。

　田上はきっと美味しい店をたくさん知っている。でも、それに自分のお金を注ぎ込むような気はしない。自分が食べるものは、とりあえず空腹を紛らわせられればいい、くらいに考えていそうな気がする。それなら安さが売りのハンバーガー店か、牛丼チェーンか、立ち食いそばか。

　そもそもスーツが私服というのはどうなのだろう。仕事の格好しか持っていないということか。スーツ姿を思い出してみても、なんの仕事をしているのか想像できなかった。あまり真っ当な仕事ではないだろうと思うのは、服装のせいというより、田上のあの斜に構えた雰囲気のせいに違いない。

　結局、田上が立ち寄りそうなところはさっぱりわからなかった。

　行人は広く浅い交友関係全員に田上捜索のメールを送信した。この人を捜してます、心配しています、というようなことを書いて、本当の理由なんてもちろん書かなかった。見かけたら連絡くださいと書いたら、すぐに数件の返信があった。

人違いとひやかし。あなたに会いたかったから口実に……という情報提供もあったが、すべてしらみつぶしに当たった。

アルバイトは最初牛丼屋にしてみたのだが、客層がわりと決まっていることがわかって三ヶ月で辞め、ハンバーガー店では裏方が多く、駅前のコーヒーショップに変わった。完全に田上捜しがメインになっている。

コーヒーショップはいろんな人がやってくるし回転も速く、望みが持てる気がした。その分、目が回るほど忙しくなることもあったが、それだけ多くの人が来るのだと思えば、もっと来い！　という気分になった。

「中垣くんはよく働くねえ。しかも笑顔がさわやか。おかげで女性のお客さんが増えたし……本当、助かるよ」

店長は三十代後半の男性だった。会社をリストラされてチェーン展開のここに就職したらしい。仕事ぶりを見ていると、リストラされた理由はなんとなく透けて見えた。気の毒になるほど要領が悪い。

「下心がありますから」

行人がさわやかな笑顔で言えば、店長はギョッとした顔になった。

「え、下心？なに？」

近くにいた女子アルバイト二人も興味津々という顔をしている。

「店長やお店に損害を与えるようなものではないので、気にしないでください。僕が勝手にギブアンドテイクだと思ってるだけです」

「はあ……。あ、好きな子が通ってくるとか⁉」

店長が言えば、女子二人の視線が尖《とが》る。

「いや、そういうことじゃないです」

行人が答えれば、視線は緩んだ。

「ああそうだ、店長、この人見たことありませんか？」

行人は例の写真を店長に見せた。

「うーん、知らないねえ。見たことないと思うけど」

「そうですか」

もう落胆もしない。知ってると言われても、まずは人違いを疑う。田上には騙されやすいように言われていたが、実際はそんなに信じやすくもなかった。いや、信じたり疑ったりする必要を今まであまり感じてこなかった。

周囲の人々は行人の心の表面をさらりと撫でていくだけ。ぶつかっても行人は本気で相手にしなかったし、こちらが摑もうとしても、相手がすり抜けていき、追いかけることはしなかった。

人生は行人に甘くてつまらない。でも、田上に出会ってからだんだん楽しくなった。騙されて、捜している今さえ楽しい。

「ねえねえ行人くん、誰を捜してるの？　私たちも協力するよー」

行人と歳の変わらないカフェの女性店員では、田上を知っている可能性はないに等しいが、一応見せる。こうして何百人と見せてきた。

「あれー？　私、この人見たことある気がする。どこでだったかなあ」

ひとりが写真をしげしげと見て首を傾《かし》げたが、行人は期待していなかった。

「あー、思い出したけど、だいぶ前に一回見ただけだし……違うかなあ。顔がね、すっごく好みだったから覚えてるの」

「へえ。どこで見たの？」

「あのね、えーと……私の友達の彼氏なんだけど」

そう聞いて、まず十中八九違うだろうと思った。

「その友達は、女の子？」

この返答次第で確率は大きく変わる。

「あー、男なんだよね」

田上である確率が一気に跳ね上がった。

「その友達、会える？　ちょっと話を聞きたいんだけど」

「え、うん、でも違うかも。その人って中垣くんのなに？　もしかして中垣くんって……」

「ああ、そう思ってくれてもいいよ。とにかく捜してるんだ」

ゲイだと誤解されてもかまわなかった。女性たちに思いっきり引かれたのを見て、いっそその方が楽でいいかも、と思った。偏見の目は特に気にならない。

「じゃあ、友達にメールしてみる。その写真、私の携帯に送ってくれる？」

そうして連絡を取ってもらい、相手からも似ているという返事が来た。

「本当!?　じゃあ、会って話したいんだ。会ってもらえないかな」

彼女は複雑な顔をしていたが、女性にお願いするのはわりと得意な方だ。会う約束を取り付けてもらう。

友達の男性という人は社会人だった。会社帰りに会社近くの居酒屋で会う。

ありきたりなビジネススーツを着た男性は、最初オドオドしていた。

「あ、あの、僕が……だってことは、あの、誰にも……」

「え？　ああ、大丈夫ですよ。僕もそうですから」

そう言った方が話が早そうだと思って言ったのだが、途端に男性の目つきが変わった。

「そうなの？　わー嬉しいな。こんな格好いい人がお仲間なんて」

「あの写真の人も格好良かったと思うんだけど、彼氏だったたっていう……」

訊いた途端に、男性のテンションが下がった。

「ああ、彼ね。彼は彼氏じゃないよ。……僕は利用されたんだ」

ろくでもない男だと聞いて行人は内心色めき立つ。田上かもしれない。期待が一気に高まった。

「その人、名前は？」

「田所《たどころ》さん」

惜しい。しかし利用されたというのなら、偽名の可能性は高い。

「どういったいきさつか、聞かせてもらってもいいですか？　実は僕の知り合いも写真の人に騙されて……」

「ええ!?　そうなの？　ひどい奴だよねえ。いらなくなったら、ポイッて。僕は本気だったのに！」

ヒステリックな涙声に周囲の視線が集まって焦る。女に泣かれたことはあっても、男に泣かれたことはない。なだめすかして話を聞き出す。

それによると、出会ったのは半年ほど前、ゲイバーでのこと。

「ゲイの人たちが集まるバー？　へえ、そんなのがあるんだ……」

行人はその存在すら知らず、感心する。知っていれば、そこをしらみつぶしに当たってみたのに。田上になんと言われても、自分ではそんなに世間知らずではないと思っていたが、特にアンダーグラウンドなことに関しては世間一般の若者より格段に世間知らずだった。

ゲイの人はみんな隠して生活しているのだろうと、勝手に思い込んでいた。

とにかく男はそこで田所と名乗る男に声をかけられ、有頂天になったのだそうだ。その後ホテルに行き、のめり込んだ。彼がテクニシャンだの巧いだのという話を延々聞かされ、うんざりしたところでいきなりとんでもない爆弾が投じられた。

「頼み事をされたんだ。人を階段から突き飛ばしてほしいって……。僕は嫌だって言ったんだよ！　そんな怖いことできないって。でも絶対相手に怪我はさせないから大丈夫だって押し切られて……」

びっくりした。こんな偶然があり得るのかと、行人は男性をマジマジと見つめる。男性はそれを非難と受け取ったらしく、必死で自己弁護を始めた。絶対嫌だって言ったんだけど、いつの間にか丸め込まれて、やらなくちゃいけない気分にさせられたのだと。

「その突き飛ばした男のこと、覚えてないの？」

「え？　ああ……。彼は階段の下にいて、僕は上にいて、携帯で、その水色の服の男って言われて……僕はエイッて突き飛ばして走って逃げたから、顔は見てないんだ。顔なんて見たら、突き飛ばせないよ」

思わぬところでからくりが明らかになった。あの時行人を突き飛ばしたのは、あのストーカー男でさえなかったのだ。本当にストーキングされていたのかも怪しい。田上のことが好きな男だったのは間違いないのだろうが。

いったい田上はどれだけの男を泣かせてきたのだろう。田上にとっては人間さえも使い捨てでしかなく、自分も捨てられたひとりだ。捜して、会って、どうなるというのか。

「終わったら抱いてくれるって言ったのに、突き落とし方が下手だったたって怒られたんだよ？　それで切られたんだ。ひどいよ」

田上に切り捨てられたという意味では、自分も同じ。しかし彼は泣いて諦め、自分は追いかけている。ストーカーと紙一重だが、自分には追いかけて然《しか》るべき理由がある。

ただその理由は、行人が捜している本当の理由ではなかった。

「その、出会ったバーって教えてもらえます？」

「もうそこには来ないよ？　僕に会いたくないんだ。あれから一度も会ったことないもん」

それでもいいからと教えてもらった。騙した男がいるところには近づかないのは当然か。傷害の実行犯と教唆犯ということになるのだから。

「忘れた方がいいですよ、そんな男」

行人は人にはそう言う。

「うん。でも……ベッドではすごく素敵だったから。忘れられないの」

うっとりした顔になぜかムッとした。彼には利用したご褒美があって、自分は騙し取られただけ。別に素敵な一夜が欲しいわけではないのだが……。

「あ、そうそう。彼が現れるかもしれないって、人に教えてもらったバーがあるの。でも僕は捜しになんて行けなかった。冷たい顔をされるのが怖くて……」

悲劇のヒロインのような顔で思い出に浸る男性から、そのバーのことも教えてもらった。

「騙された方は立ち直れば強くなれるけど、騙してばっかりじゃ、ずっと寂しいばっかりなんじゃないのかしら」

最後はもう完全に女言葉で、騙した男の心配をする。

「そうですね」

彼の余韻を破らぬように言って、行人は席を立った。

教えてもらったバーに行人は連日通った。男性が会ったというバーではなく、現れると教えてもらったというバーの方。写真を見せて捜そうかと思ったのだが、とりあえず様子を見ることにした。田上の住所を知る人間がバーにいるとは思えなかったし、田上は用心深そうだ。自分を捜している人間がバーにいると耳にすれば近づかなくなってしまうだろう。

しかし、ただ待つだけというのが、ここではなかなか困難だった。お誘いをいちいち断るのがかなり面倒くさい。

「ねえねえ、相手を探しに来てるわけじゃないなら、普通のバーに行った方がいいんじゃないの？　あんたはひとりでいるには上物すぎるわー」

いつもカウンターに陣取って、誘いを断り続ける行人に、バーのママが言った。

「僕、上物ですか」

「もてるでしょ？」

「まあそこそこ」

「その余裕よ。そして嫌味のない笑顔。いやねえ……もてるに決まってるじゃない？　しかも若いし。憎らしいくらいぴちぴちだし。……誰か特定の人を捜してるのかしら？」

ふざけた調子から真実を突かれて、とっさにごまかすこともできなかった。しかし、捜していることくらいは隠す必要もないだろうと思い直す。

「ええ。前に会った人を」

「その人がゲイだったのね。あなた、ゲイじゃないでしょ？」

さすがの観察眼だ。人生の酸いも甘いも知り尽くした歴戦の猛者《もさ》という感じ。

「すみません。ゲイじゃないのに来て」

「別にうちはゲイオンリーの店じゃないからいいんだけど。他の人には知られない方がいいわね。ひがみ根性の固まりみたいなの、多いから」

少々いかついママはクスクスと笑う。そしてママの助言により、想い人を待っているのだ、という設定ができあがる。

「一途《いちず》に好きな男を待っている美青年。いいわー」

あながち嘘とは言い切れない。解釈の違いの範疇《はんちゅう》だろう。

「なんだ、また来てるのか、おまえ」

通い始めて二週間ほど。週に三日は来ているので、一晩に五回ほどナンパされて計三十回。そのうち二回がこの男だ。都度お断りしているのだが、どうもそれが気に入らないらしい。

二度目なんてはっきりと趣味じゃないと言った。男が筋骨隆々とした肉体労働系だったので、細身のインテリタイプが好きなのだと口から出任せを言ったのだが、新しい世界を見せてやるぜ……などと、本当にしつこかった。

「熊《くま》ちゃん、ダメよ。その子は心に決めた人がいるの。ずっと待ってるんだから」

「待ってる？　こないだはそんなこと言ってなかったじゃねえか」

「秘めた想いってやつだったのよ。私が聞き出したの」

ママが追い払おうとしてくれているのがわかったから、黙ってうなずいていた。

「そんなの待つだけ無駄だ。捨てられたんだよ。俺が慰めてやるから」

肩を抱かれて顔を寄せられる。ゲイに偏見はないが、生理的にダメな相手というのは男女問わずにいるものだ。それに、捨てられたという言葉に少々カチンときた。

「必要ありません。触らないでください」

「ああ?」

「触るなと言ってるんです。趣味じゃないって何度も言ってるだろう」

「なんだー? 少しくらい顔がいいからって調子に乗ってんじゃねえぞ、てめえ」

腕を掴まれ、軽々とひねり上げられる。痛くて声が出ない。こっちはまともに喧嘩もしたことがない深窓の令息なのだ。腕力で敵《かな》うはずもない。

「すぐに力に訴える人間も好きじゃない」

口で説得を試みようとして、煽《あお》ってしまう。

「んだと!?」

「——!?」

さらに手首をひねられて、このまま腕が折れるのではないかと思った。

「ああもう、やめて熊ちゃん。あなた出入り禁止にするわよ!」

ママの悲鳴のような声が響き、注目を集める。

「いいさ。その代わりこいつ連れて行くぞ。今日の俺の獲物だ」

熊はそのまま歩き出そうとする。行人は声にならない悲鳴を上げた。骨が折れるか関節が外れるか。獲物と言った通り、小動物をねぐらに持ち帰ろうとするような、相手の痛みなど一切頓着《とんちゃく》しない動きだった。

「そいつを離せ、熊」

その声に熊の足は止まり、行人の心臓はトクンと反応した。

――この、声？

声の方へ顔を向けたいが、肩の痛みに身動きもできない。

「なんでおまえが……。そんなお節介な質《たち》じゃねえだろ、ほっとけ」

「今日の俺はかなり虫の居所が悪い。いたぶる相手を探していたところだ。おまえが相手するか？」

しばし無言の間があり、腕を摑んでいた手の力が緩んだ。行人は慌てて男から離れ、肩を押さえて声の主に目を向けた。

「新太！」

思わず名前を呼んでいた。半年ぶりの顔は以前にも増して不健康そうに見えた。それは暗めの照明のせいかもしれないが、眉間には深く不機嫌が刻み込まれていた。

「……人違いだ。俺はそんな名前じゃない」

冷たい声は間違いなく田上のものだ。

「名前なんてどうでもいいや。捜してたんだ」

「細身のインテリってこいつのことか。最初から言っとけよ」

熊はブツブツ言いながら去っていった。田上も出て行こうとするから、慌てて跡を追う。

「あ、ママ、ありがとう！」

万札をテーブルに置いて取って返す。

「頑張るのよー」

その声に片手を上げて応えた。

「待って、新太！」

夜の街の中に消えてしまいそうな後ろ姿を必死で追う。もうずっと捜していたのだ。ここで逃したら二度と会えない。そう思って、恥も外聞もなく必死で叫ぶ。追いすがるとはまさにこのことだろう。

「新太！　新太！」

名前を連呼すれば、田上の足がぴたっと止まった。

「新……」

「黙れ」

嬉しくてもう一度呼ぼうとしたら一喝で黙らされる。

「その名で呼ぶな」

「本名じゃないんだろ？　だったら……」

「本名だ」

その短い一言がなぜかとても嬉しかった。

「本名なんだ……」

「ニヤニヤ笑うな、気持ち悪い」

そう言ってまた踵を返し、歩き出す。

「待ってよ、新太、どこ行くの？」

隣に並んで歩きながら、行人は嬉しくてその顔をじっと見つめた。田上が動いている。そばにいることが奇跡のようだ。

「おまえのいないところ……と言いたいところだが、俺に言いたいことがあるんだろう？聞くだけは聞いてやる」

そう言われてやっと自分が田上を捜していた表向きの理由を思い出した。田上は返済を迫られるとでも思っているのだろう。

自分を見る目は冷たく荒《すさ》んでいたが、田上にしては珍しく内心の動揺を隠しきれていなかった。鬱陶しい、面倒くさい、早く片を付けて解放されたいというのがわかりやすく伝わってくる。喜ばれるとはもちろん思っていなかったが、自分に対して持っているのは罪の意識だけなのかと、悲しくなってきた。

「新太……」

めげそうになって、気持ちを入れ直す。大事なのは未来だ。歓迎されないのは想定内。訴えられるかもしれないという怯《おび》えや戸惑いも田上の中にはきっとある。

「このあたりじゃ二人きりになれるのはホテルくらいしかない。それとも、ここでいいか？

この公園はハッテン場だが」

田上は揶揄《やゆ》するようにニヤッと笑ったが、ゲイバーも知らなかった行人にハッテン場の意味がわかるわけもなかった。

「じゃあホテルに行こう。誰にも邪魔されずにじっくり話がしたいから」

にっこり笑えば、田上が懐かしい困惑顔を浮かべた。よく見た顔だ。おまえは理解不能だとこの顔でよく言われた。

溜息をついて田上が歩き始め、行人は追いかけてまた横に並んだ。横に田上がいることを何度も見て確認する。これは夢じゃない、現実だ。

「新太、さっきはありがとう、助けてくれて」

「別に……。あれはヤクザの斬り込み隊長みたいな男だ。あのままだとおまえ、犯されてボロ布みたいにされてたぞ」

「へえ、すごいね、ヤクザを黙らせちゃうんだ、新太」

素直に感動すれば、キッと睨まれた。

「俺はおまえのその能天気が嫌いなんだ。あれはたまたま俺が奴の弱みを握っていたから、おとなしく引き下がってくれただけだ。もう少し相手を見て物を言え。力で敵わないなら、油断させて逃げるとかあるだろう。頭がよくても世間知らずは使えねえ……」

田上の呆れたような声が懐かしい。馬鹿にされても嬉しい。本当に馬鹿みたいに自分は求めていたのだなと思う。

「うん、ありがとう。次から気をつけるよ」

礼を言えば、田上はうんざりした顔になった。

ホテルというのはラブホテルだった。男二人でも入れるものらしい。

「これも情報収集の成果なの？　男同士で入れるラブホテルって」

「このあたりではこんなの常識の範疇だ。そんなことも知らない奴が出歩く街じゃない。あの店だって……。おまえ、いつからあそこに来てた？」

「えーと、二週間くらい前からかな」

答えたところで部屋に着いた。薄暗い廊下から、ドアを開けて中に入る。室内も照明をつけても少し暗めだった。間接照明が多いのはムーディを狙っているのか。

「意外だな、おまえでも金が惜しかったか？　だが、返せと言われても無理だぞ。訴えられても、金はもうない。金持ちはこういう時、高めの授業料だったって諦めるんじゃないのか？」

田上は広いベッドのブラウンのカバーの上に座って、馬鹿にしたように言った。足を組み、尊大で何様な態度。

「お金はもういいよ」

「じゃあ、なぜ俺を捜す必要がある？　あんな居心地の悪いバーに通ってまで」

居心地は特に悪くなかった。熊男が来るまでは。多少の煩わしさはあったが、人と話をすること自体は嫌いじゃない。ママも楽しかった。しかし今それはいい。

「返してもらおうと思って」

行人は田上の前に立ってにっこり笑った。田上は怪訝な顔で行人を見上げる。

「だから金は……」

「お金じゃなくて、他のもので」

「は？　体で払えっていうなら、たっぷり利子つけて返してやるぞ？」

田上は行人の腰に手を回し、次の瞬間にはベッドの上に組み敷いていた。行人には神業かと思える熟練の技。

押し倒されるのも初めてなら、ベッドで間近に男を見上げるのも初めてだ。新鮮で刺激的、触られてほのかに嬉しかったりもしたが、求めているのはそれではない。

「僕は出資したんだ、新太に」

「なに？」

「僕だって、嘘かもしれないってちょっとは思ったよ？　でも、新太が必要だって言うなら、それはそれでいいと思ったんだ。でも、あんなにすぐに消えちゃうとは思ってなかった」

「普通、騙したら消えるだろう」

「そうだよね。そういうとこ、やっぱりずれてるんだよね。お坊ちゃんだから」

呆れたような田上に、あっさり肯定を返せば、さらに呆れた顔になる。少々自虐的だがそれが真実なのだろう。あんなにきれいさっぱり消えられてしまうとは思っていなかったのだ。甘い上に考えが足りなかった。

「だから僕は、新太にそばにいてほしい」

「……なにを言ってる？」

「僕が社長になるためには新太が必要だと思うんだ。一緒に会社を作ろう」

田上はポカンと珍しく間抜けな顔をした。想像すらしない言葉だったのだろう。

だが行人は真剣だった。田上の罪を盾にとってでも、絶対に叶《かな》えたい夢。ただ漠然と社長になりたかったのが、田上と一緒に……と、少しだけ具体的になった。

時間が経《た》っても、田上がかなりのろくでなしだと知っても、気持ちは揺らがなかった。

「おまえは馬鹿か？」

いつも聞いていた同じ言葉より、百倍は呆れた声だった。しみじみと心がこもっていた。

田上は体を起こし、明後日《あさって》の方を向いて座る。行人も体を起こして、ベッドの中央に正座する。

「馬鹿だから、新太じゃないとダメだと思う」

「俺は誰かの下につくなんてまっぴらごめんだ。特におまえの下なんて……」

そう言われることは予想済みだった。

「そうだろうけど、刑務所に行くよりずっと楽しいと思うな、僕と会社を作る方が」

笑顔でダメを押す。半ば脅迫だ。警察に届ける気などさらさらないが、使える材料は使う。田上に学んだことかもしれない。

「おまえは本当……馬鹿だな。馬鹿すぎる」

田上はそんな行人を横目に見て、深々と溜息をつき、うんざりと項垂《うなだ》れた。

「いいでしょ、馬鹿社長。それを支える優秀な参謀。どう？　あ、そういえば僕を突き飛ばしたって人に、会ったよ？」

証拠も押さえている。にっこり笑えば、田上はもう一度息を吐いた。今度はなにかを吹っ切るような、迷いを吹き飛ばすような、勢いよい息の吐き方だった。

「俺がまたおまえを騙すとは思わないのか？　会社の金を着服して消えるかもしれないぞ？」

「大丈夫。僕だって成長するよ。それにまあ、逃げたらまた捕まえるし」

田上と喋っていると自然に笑顔になる。浮き浮きする。田上に反応するアドレナリンというのがあるのではないだろうか。

「おまえは最悪のストーカーだな」

「うん、人生のストーカーと呼んでくれていいよ」

「いいよ、じゃねえよ……」

田上は呆れ果てて声も出ない様子だった。

本当は行人の中にもまだ疑う気持ちはある。完全に信用しているわけじゃない。でも、お金を失うことは行人にとってたいした問題ではなく、騙された恨みより、未来への不安より、期待が勝った。圧倒的大差で。

自分の夢には田上が必要不可欠。それはもう直感としか言いようがない。

「条件はね、楽しい会社にすることと、僕を社長にすることだけ。資金は僕がなんとかするから、新太の頭を貸して」

「ムショ代わりのご奉公か……年季明けはいつだ？」

「そりゃ、僕が満足するまで」

「はあ？　まあとりあえず……会社が軌道に乗るまでは、やってやるよ」

田上がかすかに笑った気がした。諦めからくる苦笑なのだろうけど、行人はそれだけで未来が明るく照らされた気がした。

「ありがとう、新太。じゃあまあ……寝ていくか」

行人は伸びをして、そのままベッドに横になった。やっと田上を捕まえることができて、力が抜けた。

「は⁉」

「お酒、あんまり強くないんだよねえ……。ホッとしたら急に眠くなっちゃった」

すごく気合いが入っていたのだ。ここで失敗してはなるものかと。自分の人生がかかっていた。田上が応じてくれて、心からホッとした。

「おまえな……襲うぞ？」

行人は片目を開けて田上を見上げる。剣呑な顔がこちらを見下ろしていた。

「いいけど……僕はたぶんそれくらいじゃ諦めないと思うよ？　やってみる？」

欲情している顔にはまったく見えなかった。どちらかというと困っている顔。無理矢理抱けば、さすがに一緒になんて言わなくなるんじゃないか、と思うけど、抱く気にもならない、というところだろうか。

「は……、やっぱおまえじゃやる気になれんな」

「えー、それもなんか傷つく」

ケラケラ笑いながら、行人はまた目を閉じた。不思議と心配にはならなかった。逃げられたらまた捜せばいい。

でも、田上はもう逃げない。そんな気がした。なぜかその思いは揺るぎなかった。

■■■

すやすやと無防備に眠る顔を、半ば呆れながら見つめる。

「ガキめ」

危機感をどこに置き忘れてきたのか。生まれながらに持っていないのか。自分を騙したゲイの横で熟睡できるなんてどういう神経だ。

俺がついていないと……と思わせる計算だろうか？　と考えて、自分がすでにそう思っていることに気づく。

まさかこんな展開は予想だにしていなかった。もしかしたら捜しに来ることはあるかもしれないと思っていたが、それは当然、金を返せという用件だと疑いもしなかった。行人に罵られ非難されるのはかなりきつそうだと、それなりに覚悟はしていた。

行人は自分の計算の枠に収まらない。この半年、頭でちまちま考えていたいろんなことが全部飛んでしまった。あんまり驚きすぎて、行人の馬鹿な申し出を受けてしまった。

自分が馬鹿すぎる。

今すぐここから逃げ出して、今度は見つからないようにすればいい。それとも、もう顔も見たくないと思うほど、手ひどく抱いてしまえばいい。欲望も満たされ、愛想を尽かされて一挙両得だ。

そんなことを思いながらも、もう心は白旗を揚げていた。

行人の体がベッドからずり落ちそうになっているのを見て、持ち上げて中央に寝かせ直した。それでも起きない。きれいな顔をしているのに、なぜこんなに危機感がないのか。

枕元に座って、そっと髪に触れてみた。柔らかい手触りに、さすがお坊ちゃんだ、と思う。育ちの良さは体の隅々に、仕草の端々に現れる。

生活環境も食生活も劣悪で髪だけきれいなんてことはない。田上が最悪の生活をしていた時、髪はごわごわで指先はカサカサだった。なにに触れても引っかかり、皮膚が割れて血がにじみ、洗えばヒリヒリして、イライラして、すべてが悪循環だった。

なんて優しい手触りなのだろう。そしてしなやかで強い。心地よい手触りに離れがたくなり、ゆっくりと何度も頭を撫でた。

厳しい環境に置かれたことがないから、おおらかでなんでも受け入れる柔軟さがある。苦労知らずだからこそめげないのかもしれない。

自分とは違う世界の生き物。予想外で計算外。なにを考えているのかさっぱり理解不能だ。触れる指先からなにかがじわじわと込み上げてきた。それは胸に蓄積し、徐々に温かくなっていくのが不快なのに手を離せない。カラカラだった水槽に湯が張られて、全体が潤っていく感じ。こういうのは苦手なのだ。

遠い遠い、記憶すら曖昧な頃にこんな感覚があった気がする。頭を撫でられて満たされていたような……。しかしそれは夢のように消えてなくなった。

失うくらいなら欲しくない。失うとわかっているから受け入れない。

どんな大金をせしめても、心はカラカラのままだった。金だけで心が潤うことはない。ただ少し人より優位に立てた気分になるだけ。

でもそれでいい。自分はカラカラのままでいい。砂漠の生きものに潤いはかえって毒だ。ぐずぐずと足下から崩れてしまいそうな不安に苛まれる。

田上は行人の頭から手を離し、立ち上がった。

約束を破ることに今さら罪悪感なんて覚えないけれど……。携帯電話の番号を紙に書いて置いていく。わかりやすい場所に置かないことが、田上のかすかな抵抗だった。


「おまえは馬鹿か」

行人と出会って再会してからもこの言葉を何度言ったかわからない。

「だって……」

「だって、じゃねえよ。せっかく就職が決まってたなら、とりあえず入ってみればよかったんだ。おまえだって企業を知っておこうと思ったんだろ？　それでよかったんだ」

「でもさー、僕が求めているものはそこにはない、て気がしたんだよね……」

「入ってもいないのに？」

「入ってもいないのに」

ヘラッと笑う行人にムッとする。この就職難の時代、一流といわれる企業に入社するのがどんなに大変か。自分などはまず間違いなく入ることはできない。その内定を、歯医者の予約でも取り消すように、電話ひとつで断ったらしい。

「思いつきで生きるのも大概にしろよ」

むかつくのには羨ましさも混じっている。もったいない、という観念が行人にはないのだ。日本人の美徳が。

「僕だって一応考えてるよ」

「常人とは違う思考回路でな。それで、おまえはいったいなにがしたいんだ？」

「そこがさー……わかんないんだよね」

むかつく。なんでこんなガキのお守《も》りをしなくてはならないのか。

「食品会社に就職しようとしてたってことは、そっちに興味があるってことじゃないのか？」

「うん、そうだね。企業を知るだけなら商社とかでもよかったんだけど……物を右から左にやってマージン稼ぐって、やりがいが見えなかったんだよねえ。食べ物ってなくてはならないものだし、安全で美味しいものを作って、売って、みんなに美味しいって喜ばれるなんて最高だと思って。大企業なら、道を歩いてても食べてる人に遭遇できるし、楽しいかなって思ったんだ」

「なるほどな。結局おまえは、金を稼ぐより人の喜ぶ顔が見たいってことだよな。大企業に安定を求めたんではなく、たくさんの人の笑顔が見たい、と。俺に言わせりゃ反吐《へど》が出るような理想だ」

一緒にいるとイライラする、ということを思い出した。根本的なところが正反対なのだ。

「新太の理想って、金が稼げりゃそれでいいってやつでしょ？　なんか、つまんない」

「つまんなくてけっこう。おまえとわかり合う気はない」

「でもさ、両立はできるでしょ？　もちろん絶対合法で。新太ならできるよね？」

なぜこいつに敵わないのか、本当に本気でわからない。時々弄ばれている気分になる。

「じゃあ提案だ。一年間、無駄にたくさんいろんな仕事をしてみろ。で、自分がなにをして稼ぎたいのか……おまえ的に言えば、どんな笑顔が見たいのか、修業も兼ねて見極めてみろ」

半ば意地悪のようなものだ。一年を棒に振るだけで終わるかもしれない。

行人のやりたいことは、田上にはもうなんとなくわかっていた。しかし行人はもっと、嫌な思いというものをしてみるべきだ。

「うーん。……わかった。僕は早く新太と働きたいけど、新太がそうしろって言うならするよ。それに、うん、楽しそうだ」

最初は乗り気でなかったのが、話しているうちに乗り気になるという、恐ろしい切り替えの早さとポジティブさ。美点なのだろうが、それは飽きっぽいことにも繋がりそうな気がする。

自分を追いかけてくることには執念深かったが、目標を達成したら案外すぐに飽きるのかもしれない。そうなれば、このお守りの終わりも早い。

しかしそんな田上の憶測はやはり外れた。行人は読めない、というデータばかりが積み上げられていく。

一年間、様々な仕事を経験した行人の感想は、全部楽しかった、だった。

そして、人の夢を叶える仕事がいいな、と言った。予想通りであり、少し予想外でもあった。

「もう少し絞れよ」

「うーん、最初はね、やっぱり美味しいものを食べてる時の人の顔っていいなと思って、飲食関係がいいと思ったんだけど……。夢っていろいろあるよね。シェフになりたいとか、女優になりたいとか、頑張ってる人の目はキラキラしてて、でもそのためにはお金が必要なんだ。一方で、世の中には目指すもののない無意味なお金もけっこうあるって僕は知ってる。だからそういうお金を集めて、頑張る人の支援がしたいと思うんだ」

「支援って……パトロンか？　それ、商売じゃないだろ」

「パトロンっていうか、出資して、アドバイスして、っていう商売」

「経営コンサルタントみたいなことか。あと、ベンチャーキャピタルと」

「そういう難しいのじゃなくて、夢を実現させる力になる会社、みたいな」

「おまえな。じゃあ、『私女優になりたいんです』って女が来たら、どうにかしてやれるのか？　整形資金でも貸し付けるか？」

「まあ、芸術系は難しいか。運とか実力とかはお金じゃどうしようもないしね。うーん……」

「そもそもコンサルティングなんて、誰も素人には頼まないし、金を貸し付けるのは簡単だが、利子付きで回収できなきゃ商売にならない。それを見極める目も必要だ。……そうだな、まずは俺たちが、やってみるか？」

「え、僕たちが、なにを？」

「売れる店を作るっていう夢を掲げて、企画書を作成して、自分たちに貸し付けて、リサーチして、店を造り、運営する。それをもちろん繁盛店にする。どうだ？」

「いいね、やろう」

行人は即答した。

自分たちはまだ若い。経験に費やす時間はある。そしてなにより金があるというのはいいことだ……と、思ったのだが。

「じゃあ、まずは資金作りだね。企画書作って、祖父ちゃんにかけあおう」

「おまえ、金持ってるんじゃ……」

目指すもののない無意味な金というのは、手元にある金ではないのか。

「ないよ。ついこないだまで祖父ちゃんに借金を返してたから、貯金もない」

「それってもしかして……」

「うん、新太に貸したお金。僕は確かにお金に困ったことはないけど、現金はそんなに持ってないんだ。ま、どんなにすっからかんになっても、衣食住に困ることはないし、借りたお金にも利子は付かなかったし、それは恵まれてるよね」

そんなことを行人は一切言わなかった。あの金が借金だったなんて想像もしなかった。

「……資金は、俺が出す」

「え？」

「足りなかったら祖父さんに出資を頼みに行こう。ビジネスとして」

「うん。でも新太って、いくらくらい持ってるの？」

「株とか売り払えば……今は一千万ちょっとか」

「ええ⁉　すごい、新太お金持ちじゃん！」

「一千万なんて、すぐなくなる。……と、思ってたけど、ちょっと臆病《おくびょう》だったかもな。安全なところまで貯めてからって、結局貯めることばかりに必死になってた。もう始めてもよかったのに」

事業資金に最低でも二千万、なんてことを考えていた。しかし今は資金数百万でも始められる。ただ経営が順調にいかなかった場合、すぐに借金をしなくてはならなくなって、それがどうしても嫌だったのだ。借金をするくらいなら罪を犯したほうがいい、というくらいに、田上は借金を忌み嫌っていた。

「新太、いいの？　それ、使っちゃっても？」

行人はこの期《ご》に及んでそんなことを訊いてくる。人がいいにも程がある。

「ああ。絶対に増やすし……四百万はおまえの金だ」

「おお、利息いっぱい付いたね！」

どれだけ馬鹿なのか。呆れて涙が出そうだ。

「とにかく、事業計画作るぞ。おまえの夢とやらをとにかく書き出せ。それを俺が蹴落《けお》とす。

……いや、形にしていってやる」

「よおし！　じゃあ夢を形にする会社、スタートだ！」

夢を追う行人の笑顔はキラキラと眩《まぶ》しくて、光を浴びた田上の心には陰ができた。

本当にこの男の横に自分がいてもいいのか。

田上の過去にはあまりにも見せられないものが多すぎた。行人にはかなり晒《さら》してしまっているが、それでもまだまだなのだ。

「なんだ、景気の悪い顔だな。僕らの船出だぞ？」

「こういう顔なんだ。ほっとけ」

行人には無駄に人の顔を覗き込む癖があった。真っ直ぐに人の目を見て喋る。やましいところがまるでないのだろう。

田上の場合、人の目を見て話すのはだいたい騙す時だ。自分から強く相手を見ると、相手はあまり踏み込んでこない。

本当に正反対なのだ。

人生を真《ま》っ新《さら》にしてやり直せたら、堂々とこの男の隣にいられるのだろうか。

悩んでも仕方ないことは悩まない。そうやってただひたすら前に前にと歩いてきたのだが、時にその足取りが鈍るのは、正面から自分を見る人が現れた時。

途端に自分を隠したくなって、関係そのものを壊したくなる。壊してしまえば後悔することはもう経験済みだ。

行人とはビジネスだけの関係。償ったと思わせて、おまえの手助けをしてやっているという顔で、利用するだけ利用してさよならだ。

壊さないで終わらせる。自分にはそれができるはず。何度も同じ過ちを繰り返すほど馬鹿じゃない。

自分の指先に視線を落とし、背を向けた行人の柔らかな髪とうなじを視線でなぞり、ぎゅっと拳《こぶし》を握りしめる。

同じ過ちは絶対にしない。繰り返し自分に宣言してみるが、薬を断ってもその影に怯える中毒患者のように、心に巣くう不安を消し去ることはできなかった。

〇〇〇

夢に向かって足を踏み出した。隣には相棒がいる。半ば強引に据えた参謀だが、けっこううまくいっている。と、行人《ゆきと》は思っていた。

だけど田上《たがみ》はあまり笑ってくれない。

田上の生《お》い立ちはきっと自分には想像もできないほど困難なものだったのだろう。なにがあったのかなんて気楽に訊《き》くことはできなかった。共感なんて絶対にできるわけがないのだから。田上だってそんなのは求めてはいないだろう。

でも、なんでも話してほしいし、気を許してほしいと思う。そう口に出せば、田上が余計に意固地になるだろうこともわかっている。

行人が一年間いろんな仕事に精を出している間に、田上は中小企業診断士の資格を取り、起業の手はずも整えていた。

行人を社長に据え、資金は田上が出す。しかしそこには行人に返すべき金が含まれていて、実質の出資額は五分五分という割合だった。

『株式会社ジョーショー』という社名には上昇と常勝の意味があって、子供の頃から行人が決めていたものだ。田上にはダサイと不評だったが、おまえの会社だからな、と渋々納得した。登記を〝JOU-SHOW〟と勝手に英字表記にしたことが、田上のかすかな抵抗だった。

会社の進路は行人が決める。しかし、船を用意したのも田上なら、舵《かじ》を握るのも燃料を注ぐのも、雑務はほとんど田上がやった。

田上は負い目があるからやってやっているという体を取っていたが、堅実な仕事はわりと性に合っているんじゃないか、と行人は思っていた。

田上の歪《ゆが》んだ性格は後天的なもので、本来は官僚にでもなるような真面目でマメな男だったのかもしれない。そう思えるほど、仕事をする田上に気負いや無理は見られなかった。

貧しさが人を歪ませ、罪を引き寄せたのか。罪を憎んで人を憎まず、という言葉の裏には、そういう「生きるための事情」に対する寛大さがあるのかもしれない。

真面目に頑張る田上の姿を見ていると、行人は嬉しくてしょうがなかった。前よりもっと田上のことが好きになった。でも、田上はあくまでビジネスライクな付き合いを押し通す。起業して一年が経《た》っても、一緒に食事した回数は数えるほどだった。

そんな田上の鉄の壁を突き崩すこと、それが行人の隠れた夢だった。これぱっかりは田上に手助けを求めるわけにはいかない。

「行人、なにをしている？」

キッチンでごそごそやっている行人に、田上はパソコン画面に目を向けたまま問いかけた。

「んー？　オリジナルメニューを考案がてら、晩ご飯を作成しようかと」

借金嫌いの田上が初期投資を極力抑えたため、事務所はかなりこぢんまりとしている。ビルのワンフロアを貸し切っているが、あまり広くはない。うちのリビングより狭いかも……なんて思ったことは田上には内緒だ。

入るとカウンターがあって、中には事務机が四つ。余白を観葉植物で埋めたら、緑がやたらと多くなった。仕切られた応接室があって、わりとちゃんとしたキッチンがついている。

せっかくだからそのキッチンで、残業する田上に手料理を振る舞ってやろうと考えたのだ。それが新メニューになれば一石二鳥。

「おまえがメニュー？　余計なことをするな。そもそも、包丁なんか握ったことがあるのか？　お坊ちゃん」

「あるよ。厨房《ちゅうぼう》のバイトもしたし……ほぼ皿洗いだったけど。接客をしていたカフェや居酒屋でも、簡単な料理をいろいろ教えてもらったんだから」

人になにかを教えてもらうのはわりと得意だ。秘伝の隠し味なんてものまで教えてもらった。

「メニューはシェフに頼む。おまえは味見だけ参加しろ。味覚は無駄に肥えてるんだから」

「えー、それじゃつまんないよ。みんなでいろいろ考えて提案しあえばいいじゃん」

「つまんなくてけっこう。手間を増やすな。これは商売だ、おまえが楽しむためにやってるんじゃない」

「商売と楽しさは両立するよ。ていうか、楽しくやんなきゃ意味がない」

「おまえのわがままや思いつきにいちいち付き合ってたら、会社が回らなくなる。早々に倒産だ」

最初の店がオープンするまでも、してからも、こういう口論は絶えなかった。譲るのは大概において田上だが、時に説き伏せられ、時に妥協し、漕《こ》ぎ出した船は絶妙のバランスで進んでいた。

レストランの一号店をオープンさせて九ヶ月ほどが経ち、経営はそこそこ順調だった。

「新太《しんた》、仕入れ先にあんまりきついこと言うなよ？」

昼間、魚介の納入業者と険悪なムードを漂わせていたことを思い出して言った。

「別に、あれくらいは普通だ。仲よしごっこじゃないんだから、言うべきことは言う」

「でも、もうちょっと言い方をソフトにすることくらいできるだろ、おまえなら。その方が相手も話を聞こうっていう気に……」

「甘いな。柔らかく言ってもつけあがるだけだ。俺はちゃんと相手を見て言っている」

「でもさ、俺、新太が悪く言われるの、嫌なんだよなー」

「は？」

行人の言葉に田上は虚をつかれたようで、きゅっと細い眉《まゆ》を寄せた。そして嫌そうに行人を見る。行人が笑みを返せば、田上は目を逸《そ》らして「子供かっ」と吐き捨てた。

「大人だってことを料理で証明してやるよ。どうせ新太も晩飯はひとりだろ？　一緒に食べようぜー」

「俺はいらん」

行人は気を取り直して、袋から食材を取り出してシンクに並べる。

「まあそう言わずに食べてみろって、美味《うま》いから……たぶん」

「いらん。俺は今からデートだ。邪魔するな」

田上は行人を見ることなく、突き放すように言った。予想もしていなかった単語が田上の口から出てきて行人は動揺する。

「デ……デート？　……どうせ寝るだけの関係なんだろう？」

動揺しすぎて少し嫌な言い方をしてしまった。

「飯くらい一緒に食うさ」

「僕とは滅多に食べてくれないのに……」

「おまえはいつ俺の恋人になった？　ただのビジネスパートナーだろう。毎日一緒にいるのに、なぜ飯の時間までおまえの顔を見なけりゃならない」

「ふーん、恋人になったら一緒にご飯食べてくれるんだ？」

「おまえと恋人になることは絶対ないけどな」

そう言うと田上はパソコンの電源を落とし、事務所を出て行ってしまった。最後までこちらには目もくれなくて、行人は溜息《ためいき》をついた。

別に恋人になりたいわけではないが、ただのビジネスパートナーだと言われるとなんだか落ち込む。

行人はここ一年半ほど彼女と呼べる相手はいなかった。前の彼女も、告白されて付き合ったが、三ヶ月ほどしか続かなかった。別れた一番の理由は、会う暇もないほどいろんな仕事を掛け持ちしていたから。それでもなにかフォローすれば続いたのかもしれないが、する気になれなかった。

田上の私生活は相変わらず謎だが、「彼」を理由に誘いを断られることは度々あった。その「彼」がいつも同じ人なのかはわからない。

「彼女、つくるかなあ……」

口に出して言ってみたものの、まるでその気になれない。仕事に情熱を傾けすぎて他が枯れてしまったのか。しかしまだ二十三歳だ。同い年で同じ仕事をしている、行人よりさらに忙しい田上には恋人がいるのだから、忙しさを言い訳にすることはできない。

しかし、なぜか身体的にもあまり、したい！　という感じにならなかった。目の前に裸の女性が寝ていればきっとお願いするだろうが、口説いて寝るに至る過程を楽しめる気がしな

い。恋愛に情熱がないのは、今に始まったことではないけれど……。

ひとりではどんどん黄昏《たそが》れていきそうなので、誰か友達を誘ってみることにする。携帯電話を取り出し、この時期忙しくなくて面倒くさくない友達を探す。

が、ふと思い出して、行人はニヤッと笑った。携帯電話をポケットにしまい、薄手のコートを手に取って事務所を出る。完全に日の落ちた街の中を、少々いかがわしい明かりの灯《とも》る方へと歩いた。

暦の上では春のはずの冷えた空気の中、コートの裾《すそ》を翻して記憶にある店へと向かう。二年ほど前に数回行っただけなので、なくなっているかもしれないと思ったが、店は記憶と寸分違《たが》わずそこにあった。

その時、名前を呼ばれたような気がして振り返ったが、周りを見回しても知り合いらしき顔は見つからなかった。こちらを見ている者は数人いたが、知った顔ではない。人に見られ慣れている行人は、知らない人からの視線はナチュラルに無視することができる。あまり世間体のよい場所ではないが、知り合いに見られたとしても特に気にはならなかった。

家族にも気にしそうな人はいない。祖父は若いうちは少しくらい羽目を外せ、という人だし、父は芸術家の変人だし、母はきっと笑って楽しそうね、などと言うだろう。

みんな自由で干渉しない。子供の頃はそれに孤独を感じたりもしたが、今は楽だ。

「あらー？　あんた、タガちゃんを捜してた子じゃないの⁉」

店に入るなり、ママにそう言われた。

「わ、よく覚えてましたね……さすが、水商売の鏡」

「あら、褒められちゃった。いい男に褒められると、ほいほい奢《おご》っちゃうんだから。なにが飲みたい？」

行人はカウンターの一番端の席に座ると、ジントニックを頼んだ。

「新……タガちゃんは最近来る？」

「なに、また捜してるの？」

「いや、今はほとんど毎日会ってます。なんと共同経営者なんですよ。一緒に会社作って……あ、レストランがオープンしたんで、今度来てください。ホームページの作成とかもやってるんで、よかったら是非。って、タガちゃんから聞いてました？」

行人は店の地図が印刷された名刺を手渡した。

「聞いてないわよ！　あの子は全然自分のことは話さないから。まあ……よかったわー、真っ当な仕事に就いたのねぇ。で？　いい仲になったの？」

「いい仲？　ああ、そういうんじゃないんです。今日は恋人とディナーだそうだから、ここには来ないだろうなと思って。あの熊みたいな人、まだ来てます？」

「ああ、来ない来ない。出入り禁止にしてやったから。でも、タガちゃんに恋人って、それ本当？」

「本人がそう言ったから、たぶん」

「あら、珍しい。恋人、ねえ……」

ママが不思議そうな顔をして人差し指を顎《あご》に当てる。どういうことなのか訊こうとしたのだが。

「行人さん？」

背後から名前を呼ばれて振り返った。こんなところで自分の名前を知っている人間なんて田上くらいだが、さんなんて付けないし、なにより女の声だった。

顔を見て、あまりに意外な人物で驚いた。

「か、和音《かずね》ちゃん？　どうしてきみがこんなところに……」

セミロングの黒髪の少し勝ち気な目をした女の子。品のいいオレンジのニットのアンサンブルを着ている。雰囲気はいかにもお嬢様。

「行人さんがここに入っていくのが見えて、声をかけたんだけど、一緒にいたお友達に、こはあれだからって、止められちゃって……。でも、振り切ってきたの」

「そう。で、僕になにか用だった？」

友達を振り切ってくるほどの用があったのかと問いかけたが、和音は悲しそうに眉を寄せ、カウンターの中からママの溜息が聞こえた。数名いた客は、もちろんすべて男だったが、何事かと見守っている。

「行人さんこそ、なんでこんなところにいるの？　ここって……そういうお店なんでしょう？　お姉ちゃんが死んじゃったから、男に走ったの⁉」

大きな声でいきなりそんなことを言われてギョッとする。なにか知らないが、和音はテンパっているようだ。このままでは他の客に不快な思いをさせることにもなりかねない。

行人は溜息をついて立ち上がった。

「和音ちゃん、出て話そうか」

財布から金を取り出そうとして、ママに制される。

「奢りだって言ったでしょ？　また来てね」

「ありがとう、また来ますね」

行人は和音の背を押して店を出た。

この辺りにゆっくり話ができる場所がないのは、二年前に田上から聞いた。和音と二人でラブホテルに入るわけにもいかず、肩を並べて駅の方へ歩きながら話をする。

「友達と飲みにきてたの？」

「うん。……ごめんなさい、人前であんなこと言っちゃって。びっくりしたの。友達に、あそこはゲイが集まるところだって言われて。行人さんがそんなはずないわって怒鳴りつけて、振り払って来ちゃった」

「友達はそのまま帰ったの？」

「うん、たぶん。……あの、違うわよね？　行人さん、ゲイなんかじゃないよね？」

和音はきっと、自分が差別的な発言をしたことにも気づいていないだろう。

「ちょっとしたきっかけであの店を知って、行ったのは久しぶりだったのに、和音ちゃんに会うなんてね、びっくりだ」

椎野《しいの》和音は行人の許嫁《いいなずけ》の妹だ。だった、と言った方がよいのか。正確には元許嫁の妹。

和音の姉、綾乃《あやの》は行人と同い年だったが、大学一年生の時に交通事故で亡くなった。

許嫁といっても正式なものではなく、祖父同士が仲がよく、子供の頃からよく一緒に遊んでいて、おまえたちは結婚するんだと言われて、そうなるのかな……と思っていた、という間柄。

綾乃はおとなしくて優しい女の子だった。そばにいるのが自然で、綾乃のピアノと行人のフルートでよく合奏していた。他の誰かによほど心を奪われない限りは、きっとそのままの成り行きで結婚していただろう。

「お、お姉ちゃんのこと、好きだったのよね？」

ゲイを否定しない行人に、和音は重ねて問いかけた。

「うん、好きだったよ。亡くしたショックで男に目覚めたわけじゃないから、安心して」

「本当に？」

「うん。もし、この先僕が男に目覚めることがあっても、それは綾乃を亡くしたからじゃないよ」

自分でもなぜこんな余計なことを言ったのかわからない。和音の表情が一気に曇る。

「め、目覚める予定があるの⁉」

「さあ、それはどうかな。先のことは誰にもわからないよ」

「そう……よね。先のことはわからないわよね……」

和音はその言葉は受け入れた。

「じゃ、ここでいいかな。電車？　それともタクシー？」

駅に辿《たど》り着いて、行人はそこで送り出すことにした。それほど遅い時間でもない。ひとりで帰れるだろう。

電車で帰ると言って和音は改札へと歩き出したが、数歩進んでくるりと振り返り、戻ってきて行人の袖《そで》を摑《つか》んだ。

「あの、フルートは吹いてる？」

なぜかとても真剣な顔をしている。

「たまにね。最近はちょっと忙しくて吹けてないけど」

「ダメよ。行人さんのフルートは埋もれさせちゃダメなの、絶対。それは損失なのよ。お姉ちゃんだって悲しむわ」

和音は必死に訴えかけてくるが、それは行人を困らせるだけだった。

「綾乃は趣味でいいって言ってたよ。たまに一緒に演奏してくれたらそれでいいって」

ピアニストを目指していた綾乃とセッションはしても、自分もプロになろうなどと考えたことは一度もなかった。

「それは……行人さんに嫌われたくなかったから、言ってたのよ」

責められてもどうしようもない。以前から和音は自分のフルートを異様に高く買ってくれていたが、行人にとってその執着は迷惑でしかなかった。

「僕にとって音楽は趣味だよ。和音ちゃんはバイオリニスト目指してるんだっけ？　頑張って。僕も今、自分の夢を実現しようとしてるんだ」

「行人さんの夢って？」

「社長になること」

正直に答えれば、和音は馬鹿にされたと思ったのか、不満顔になった。

この夢は大人になって口にするとだいたい笑われる。それは現実をなにもわかっていない子供が描く夢だと。それならプロ野球選手だってサッカー選手だって同じだと思うのだが、そっちはあまり笑われない。漠然としすぎているのがいけないのか。ただ金儲《かねもう》けがしたいだけだろ、ということなのか。

行人は祖父のようになりたかった。重大な責任を背負っても毅然《きぜん》と、そして飄々《ひょうひょう》と生きているのが格好良かった。尊敬しているのだ。

だけど跡を継ぐのではなく、一から始めたかった。

そういえば行人のこの夢に待ったをかける人間は、身近にはひとりもいなかった。田上に馬鹿だ甘いと罵《ののし》られはするが、祖父も両親も「おまえがやりたいんなら、いいんじゃない？」というスタンスだった。

「人生はひとりにひとつだから、自分が納得できる生き方をしなくちゃ。悪いけど、僕は音楽を仕事にする気はないよ」

引導を渡す。今までにも何度か言ったことなのだが。

「お姉ちゃんの命日には吹いてくれるよね？」

「うん、それはもちろん」

綾乃の家は音楽一家で、毎年命日には演奏会が開かれる。それには行人も必ず参加していた。強要されたことはなく、特に苦だと思ったこともない。

綾乃はなんでも静かに聞いてくれる子だったから、近況を話しに行っているような気分だった。ここ二、三年は田上のことばかり話している気がする。

「じゃあ……絶対来てね」

「はいはい。気をつけてね」

義理の妹になるはずだった女の子。扱いがどうも難しい。今はほとんど一年に一度の付き合いになっているが、和音のことも小さい時から知っている。もう関係ないと言ってしまうことができない。

ちらちらとこちらを振り返りつつ去っていく和音を、行人は笑顔で見送りながら密《ひそ》かに溜息をついた。

■■■

久しぶりにバーに行こうかと駅に下り立った。改札に向かおうとして、駅の外に見慣れた男を見つけた。この駅は仕事場からも家からも遠いはず……と思ったら、近づいた女が袖を摑んで何事か訴えかけている。

行人の表情を見れば、困っているようなのはわかった。

別れ話か、交際を迫られているのか、行人はよくもてる男だが、特定の相手というのはあまり知らない。

長く付き合っていた相手を亡くした、ということはチラッと聞いたことがある。なんでもよく話す男が、それに関してはすぐに話題を変えた。

行人は女が見えなくなるまで見送ると、踵《きびす》を返した。田上が改札を出ると、行人はタクシーに乗って走り去った。

偶然を少し恨めしく思う。

行人とは仕事以外で極力会いたくなかった。仕事が楽しくなるほど、その思いは強くなる。近づきすぎてはいけない。ビジネスパートナーとしてのラインを踏み越えてはならない。そこには破滅しか待っていない。

自分を脅して踏みとどまっているのは、結局どんな形でも一緒にいたいと思っているから。仲よくしてもしょうがないが、離れたくはない。自制している田上には、行人の人懐っこさが恨めしかった。

久しぶりに行った行きつけのバーで、ママに怪訝《けげん》な顔で迎えられる。

「なんだ？　歓迎されてないな」

カウンターの一番端の席に座った。

「だってあなた、恋人とディナーだったんじゃないの？」

「恋人？　……行人はここに来てたのか」

恋人と、なんて嘘を言ったのは、行人にだけだ。

「そおよー。超久しぶりに、ていうか、あれ以来初めて来たのに、変な女が現れて連れて行っちゃったわよ。グラスに口もつけないうちに」

「なんだ、それは」

「私はもっと話したかったのに。お姉ちゃんが死んだから男に走ったの⁉　なんて、失礼な女だったわよ」

「はあ……なるほどな」

それを聞いていろいろ状況が読めてきた。なぜその女が現れたのかはわからないが、死んだ恋人の妹なのだろう。そしてたぶん、行人に惚《ほ》れている。だけど行人は特別な感情は持っていない。駅で見た二人の様子からしてそんなところだろう。

行人はもてるが、本当に無駄にもてるのだ。適当に遊ぶ気などまるでなくて、どんなに好きオーラを出されても笑顔でスルーする。はっきり言ってこない限り、答える義務はないと思っているらしい。つまみ食いなどする気もない。

潔癖というわけではなく、恋愛や性に対する熱が低い。誠実だ、とは言えるだろう。

その代わりなのか、社会的野心はある。しかしその野心も普通とは少々方向性が違う。田上とは真逆の方向だが、行人は融合できると自信満々で言う。

「はー……」

溜息しか出てこない。

行人に言われるとできるような気がして、なんとかしてやろうという気になる。

「やっぱり恋人とデートは嘘？」

ママがニヤニヤ笑いながら訊いてくる。

このママに口で勝つ気はない。時にエスパーじゃないかと疑いたくなるほど、自分のわかりにくいはずの内心を読まれてしまう。負けを認めているから、ここにいるのは楽だった。

「恋人なんか、いるわけない」

あっさり暴露すると、ご褒美のように水割りが出てきた。

「そうよねー。そこはまだ治ってないのよねえ……。人と心で繋《つな》がることのできない病。利害関係、体の関係、だけだものね、あんたに結べるのは。ユキちゃんとは、利害関係ってこと？」

「ユキちゃんって……。あいつになにを訊いた？」

「一緒にお仕事始めたって。嬉しそうだったわよ？　お名刺までいただいちゃった。あの子はあんたの一番苦手なタイプだと思ってたんだけど……ワタシはなんか嬉しい」

ばさばさの睫毛《まつげ》から風が吹いてきそうなウインクが送られてくる。

レストランの客は行人の広い交友関係から始まった。とにかく誘いまくれと指示したのは田上だ。そこから口コミで広がって、今は客層も広がり、そこそこ繁盛店になったが、行人は名刺を配り続けているようだ。

田上は自分の知り合いには一切配っていない。配る相手もほとんどいなかった。

「なにが嬉しいんだ。俺はあいつに脅されてるんだ。言うなれば、俺とあいつの間にあるのは貸借関係、だな」

「えーっ、タガちゃんを脅しちゃうの？　あの子が⁉　イヤだー、素敵。楽しいぃ」

「喜《す》ぶな」

拗ねたようなことを言えるのもここでだけだ。

「でも本当によかったわ。なんかちょっと生き生きしてるもの。悩んでる顔も人間らしくていい！　前はダークサイドに落ちそうな亡霊みたいな顔で悩んでたから、心配だったのよ」

「どんな顔だ、それは」

でも、なんとなくわかる気がした。金の亡者だった。身も心も荒《すさ》む一方で、完全にダークサイドに落ちるのも時間の問題だったかもしれない。

金を手放したら、憑《つ》き物が落ちたように楽になった。金を失うこと、借金をすることに対する強い恐れが、知らぬ間に田上をがんじ搦めにしていた。

田上が幼い頃、父親は木材の卸売業をやっていて、家はわりと裕福だった。両親と兄と妹、そこそこ幸せに暮らしていた。

しかし、田上が小学校に上がる頃には建築不況の煽《あお》りを受けて経営が傾き、父はあれこれと他の商売に手を出して、借金を重ねた。結局、なにをやってもうまくいかず、会社は倒産。借金だけが残り、毎日のように借金取りが家に押しかけてきた。

家庭内も当然ながら険悪で、父は母に暴力をふるうようになり、田上が小学三年生の時に、まずは六つ歳上の兄が家出した。その半年後には、母も妹を連れて家を出ていった。田上には一言もなく。

父の元にひとり残された田上は、その鬱憤の捌《は》け口として殴られ蹴《け》られ、それでも頼れるのは父だけだった。しかしその父も、一年ほどで忽然《こつぜん》と姿を消してしまった。もちろん金も、書き置きすら残さなかった。

借金取りの押しかける家にひとり残されたのは、小学五年生の時だった。

家族に捨てられたというより、誰もそこに田上がいることを気にかけていなかったという感じで、家の中に無造作に残されたゴミと自分はなんら変わりなかった。

ゴミを取りに戻ってくる者などいない。田上は諦《あきら》めと達観の中、ひとりで生きることを考えた。

田上の家が貧しいことは学校でも有名で、汚いと馬鹿にされては喧嘩ばかりしていた。だから友達もなく、ひとりになったことを相談する相手もおらず、万引きをして飢えをしのいだ。捕まったことですべてが明らかになり、児童養護施設に入れられた。

施設では金を稼ぐことばかり考えていた。一家離散の原因は貧しさに他ならない。自分が捨てられたのも貧しさのせい。中学を出て、進学校として有名な高校に奨学金で入ったが、そこはお坊ちゃん校としても有名で、まったく馴染《なじ》むことができなかった。

金持ちなんかに成績で負けてなるかとトップを取り続け、「馬鹿どもめ」と見下せば、「貧乏人」と見下し返される。相手をするのも馬鹿らしいと無視していたが、フラストレーションは溜《た》まるばかりで、夜のバイト先でそれがついに爆発し、傷害事件を起こした。

保護観察処分を受けて高校は退学になり、真っ当に金を稼ぐ道は閉ざされたと思った。

家族のない田上が預けられたのは、非行少年たちを受け入れている鳶《とび》の家だった。一度は道を踏み外した奴らでも、更生してそこで真っ当に働いているのもいたが、田上は肉体労働で地味に稼ぎながら生きていくなんてまっぴらだった。貧しさの原因となった建築業界にも近寄りたくなかった。

それでも一年間そこにいたのは、保護観察が明けるまではと思っていたのと、意外に居心地がよかったからだ。

頼りになる親方夫妻は、本当の親だと思え、と言ってくれた。周囲も非行少年や元非行少年ばかりで、劣等感を覚えることはなかった。すぐに突っかかってくるのは面倒だったが、そういうのは適当に流すことができる。

そしてなにより、自分を兄のように慕ってくれる奴がいた。その阿万崎郁己《あまさきいくみ》という少年は、田上より三歳下で、親方の実の息子だった。幼い頃から非行少年に囲まれていた郁己は、周囲を反面教師に優等生を貫いていた。

柄の悪い奴らにも怯《ひる》むことはなく、堂々とおまえらみたいにはならないと言い、ひとり突っ張っているさまがどこか自分とダブった。

それでも郁己は恵まれている。ちゃんとした両親も立派な家もある。羨《うらや》ましさと妬《ねた》ましさで意地悪もしたが、郁己はまるで凹《へこ》まなかった。

郁己の志望校が田上の通っていた高校だと判明すると、そこでは数少ない頭脳派だと認識され、勉強を教えてやると急に懐かれた。他の奴には刺々《とげとげ》しいのに自分には素直で、それが可愛らしくて優越感で、一緒にいるのは楽しかったが、苦しくもあった。

純粋に懐いてくる郁己に、邪《よこしま》な気持ちを抱《いだ》いていた。そこに妬みやひがみ、そして楽しい時間が続くわけがないという思い込みが混ざり合い、すべてを郁己にぶつけてしまった。失うなら自分から壊す。置き去りにされる前に去る。人から不要物認定されるのはプライドが許さない。

被害妄想に支配された末の愚行。自分の愚かさに気づいたのは、強引に組み敷いた郁己の怯《おび》えきった、絶望した顔を見た後だった。

それからも多くの人を騙《だま》してきたが、郁己の顔だけが忘れられない。そして最近は、その顔に行人の顔が重なる。それを現実にすることだけは回避したい。

「堅実なんてガラじゃないし……。今の俺は服役中みたいなもんだ。あのお坊ちゃんを一人前にすれば、お役ご免、無罪放免だ」

さっさと離れた方が行人のために違いなかった。

「あらもったいない。いいじゃないの、堅実。あの子もいい子そうだし、ずっと一緒にやったら？　まあ……ゲイじゃないみたいだけど」

行人はゲイじゃない――わかりきったことを言われてイラッとした。

「ずっと、っていつまでだ？　ずっと、なんてあるかよ」

思わず声が大きくなって、まるで子供が駄々をこねているような言い方をした自分を嫌悪する。

「ずっとはずっとよ。時間じゃないの、永遠とは違うものなの。ずっと幸せなんて嘘っぽいけど、ずっと一緒ならありえる気がするでしょ？　そういうなんていうの、乙女の憧《あこが》れよ。夢なの。男なら拗ねてないで目指してみなさいよ」

「だから……なにを目指すんだ。あいつとずっと一緒、なんて目指してどうする」

「目指したいくせに」

「ねえよ」

行人がゲイじゃないと言ったのはあんただろう、と当たりそうになって、呑《の》み込んだ。言ってもしょうがないことを言うのはみっともない。

ずっと、が努力目標なのだとして、それを目指したい人間ばかりでもない。

行人は死んだ彼女とずっと……と望んだのかもしれない。それが叶《かな》えられなかったから、恋愛に熱がないのか。人の夢を叶えたい、なんて言うのか。

そんな重い過去を背負っているようには見えないのだが、見えるものがすべてとは言えない。フルートを吹いている時の行人にはそういう哀愁のようなものがあった。

「俺には向いてないんだ、ああいう仕事は」

「じゃあなんでやってんの？」

「それはだから、あいつに……」

「脅されて？　でも、口で丸め込むのは得意じゃない。逃げるのも。あの子くらい、くるくるっと丸め込めるでしょ？」

「うるさいな。意外としぶといんだよ、あれで」

丸め込んでいるはずが、いつの間にか丸め込まれている。歪《いびつ》な固形は攻撃力があるが、液体には勝てない。攻撃になりゃしない。

「へえ、ますますいいじゃないの。大事にしなさいよ」

「……なんか最近、お節介ばばあになってきてるぞ？」

「なんですって！」

適当に話を逸らし、笑いながら水割りを流し込んだ。なぜか味がしない。でも苦さだけ感じた。

大事にしたい気持ちはあるが、自分にはできそうにない。

ずっと、じゃなくてもいいから、欲しい。時折、そんな刹那《せつな》的な衝動が込み上げてくる。

それを抑え込むのに手一杯で、ずっと、なんて夢はとても見られなかった。

行人に心配されるとむず痒《がゆ》く、微笑《ほほえ》みかけられても目を逸らすことしかできない。行人にとっては特別なことではないとわかっているから、そんなのはいらないと突き放してしまう。

自分だけのものが欲しかった。体だけでもいい。行人が自分だけに見せるものが見たい。喘《あえ》がせて縋《すが》りつかせられたら、それで終わりでもいいような気がする。泣かせて非難されても、行人のそういう顔を見られたのは自分だけだと思えば、きっと満足できる。

この想いが肥大すれば、また後悔を引きずるような別れに行き着くことになるだろう。

行人はただのビジネスパートナーであって、それ以上でもそれ以下でもない。自分に必死に言い聞かせる。

とにかく会社を大きくして、利益を出すのだ。ずっと、なんて曖昧《あいまい》なものではなく、年商、純利益、目に見えてはっきりわかる目標に向かって、それが達成できたらサヨナラだ。

その頃には行人も自分を必要としなくなっているだろうし、この熱も冷めているだろう。きっと穏便に離れられる。ずっとなんて夢を追うより、鬼畜にならないことの方が田上には重要だった。


「うちの別荘の中に川が流れててさ……僕はそこで遊ぶのが大好きだったんだ」

行人が突然、昔話を始めた。

「別荘に川……か」

裕福にもいろんなレベルがあるが、行人は明らかに上級だろう。そのわりに庶民感覚も持っているのは、祖父の方針で地元の公立小中学校に通わされたおかげなのかもしれない。

「小川だけどね。水の流れをずーっと朝から晩まで眺めてても飽きなかった」

「暇だな」

「うん、まあ、することはなかったよね。一人っ子だし、別荘って友達もいないし。でも僕は楽しかった。流れる水って最強だと思うんだ。形に拘《かかわ》らず、なんでも巻き込んで、洗い流していく。……淀《よど》んでちゃダメなんだよ」

「なにが言いたい?」

「店の中に滝とか作ってみない?」

「は?」

「川を流すんだ、フロアに。メダカとか育てたりして。なんていうんだっけ、里山の川周りを再現するやつ……」

「ビオトープか」

「そう、それ。次はビオトーププレストラン。どう?」

「まあ、海はよくあっても、川ってのはあまり聞いたことないな……。しかし、なんでおまえはそう、金と手間がかかることばかり思いつくんだ」

「一号店も二号店も順調だけどさ、なんかこう停滞してる感じがするんだよね。新しいこと始めないと、淀んで腐っちゃいそうな気がするんだ」

「人がやらないってことは、受けないからなのかもしれない。利益をそこで食いつぶしたら、本来のコンサルタント業を始めるのに支障が出るぞ」

「まあ、その時はその時で」

「……やっぱ、そのへんが金持ち思考だよな」

渋々という体で準備を始めたが、行人の発想を形にする作業が田上は楽しかった。

店の真ん中に滝のように水が流れ落ちるオブジェ。店の中央に小川を通して、土を盛り、草花を植える。里の小川のようにするには、かなりの試行錯誤と努力と費用を要した。

店はカフェとしてオープンした。都会のオアシスとして話題と注目を集め、最初はそれなりに繁盛したが、失速するのも早かった。

「うーん、なんで飽きるのかなあ。僕はここ、好きだけどなあ」

行人は床に座り込んで、小川を流れる水を見つめる。

「おまえが好きだからみんな好きだとは限らないだろう。熱帯魚に比べると川魚ってのは地味だし見つけにくい。都会の人間は、それこそ流れが速いんだ。川の流れよりも忙《せわ》しなく、興味が移っていく。失敗したら、次だ。淀んじゃダメなんだろ？」

項垂《うなだ》れたうなじに向かって声をかけた。励ますなんてガラじゃないのだが。

「うーん、失敗かあ……」

「失敗だろ。現にもう採算が取れない」

「じゃあさ、ファミレスにしない？」

行人は急に思い立ったように振り返った。また目がキラキラしている。

「ファミレス？」

「うん。カフェじゃ失敗だったけど、ファミレスならいけるんじゃないかな。子供は喜ぶよ？　前のカフェじゃ子供は入りにくかったもん。都会のオアシスをやめて、都会の遊び場にしよう！」

「遊び場って、そんなの怪我《けが》とか衛生面とか……」

「ああ、そういうのあるか。でもなんか、いろいろやってみようよ。失敗で終わらせるなんてもったいない」

「また失敗するかもしれないぞ？」

「そしたらまた考える。コンサルタントやるなら、失敗もしとくべきじゃない？　そこからなにか学べば、失敗じゃなくて糧《かて》になる」

「暑苦しいほど前向きだな」

「うん。祖父《じい》ちゃんに言われたんだ。後ろを向けば後悔になることも、前を向けば教訓になるって。僕の考えはだいたい祖父ちゃんの受け売りだよ」

「偉大な祖父様だな」

嫌味混じりに言ったのだが、行人は嬉しそうにニカッと笑った。

「うん、大好き。新太にも会わせたいなあ」

「遠慮する」

会ってみたい気もするが、気に入られる気がしない。

友達の親というのは、自分を害虫のように見るものだ、という刷り込みが田上の中にはできあがっていた。ビジネスパートナーの偉大なる祖父は、自分をどのように見るのか。試したい気持ちより逃げたい気持ちが圧倒的だった。

結局、ファミレスに転向した店は成功した。いろいろと問題があって遊び場にはできなかったが、素朴な自然を感じられる場所になった。祖父さん祖母《ばあ》さんが、孫に故郷の川を語る。家族連れがいなくなった夜には、落ち着いた雰囲気のカップルが増えた。

そんな幸せで気恥ずかしい店になり、田上は用がある時にしかこの店には近づかなかった。

会社を起ち上げて丸二年が経ち、直営のレストラン三店舗の経営は今のところ落ち着いている。バーのママからの紹介などで、ホームページの作成依頼も増えた。最近は本格的に、本来の目的だったコンサルティング業に乗り出している。

予定よりも歩みは遅いが、行人の言った通り、失敗と再生はいい売りになった。いろいろと試行錯誤したことも、今後に繋がっていくだろう。

あなたの夢を形にします、なんていうキャッチフレーズは、田上にはむず痒くてたまらなかったが、社長の意向だ、しょうがない。そんなふうにすんなり諦められてしまう自分も、なんだかむず痒かった。

「新太、今夜のビオトープの欠員補充、おまえが行くんだろ？　ごめんな、行けなくて」

店に欠員が出てしまう時には、本社の人間が応援に行くことになっている。しかしまだ本社の人員は、社長副社長を含めても五人しかいない。だいたい社長が率先して行くと言い、副社長に回ってくるのは最後の最後。滅多に回ってくることはないが、回ってきたら行くしかない。

客商売は苦手だし、よりにもよって一番苦手な店だ。気は重いが、みんなが心配そうな顔をするから、平気だというふうを装う。

「おまえはあれなんだろう、命日演奏会、だっけ」

「あ、うん」

「娘の命日に演奏会を開くなんて……、婚約者までブルジョアだったんだな」

去年の演奏会の前に、そのへんの事情は行人から聞いた。駅で行人に縋っていた女が気になって仕方なかったから、いちゃついてるのを見た、と言ってみたのだ。行人はあっさりとすべて話してくれた。

なんとなく結婚するんだろうなと思っていた相手が事故で死んだこと。命日には毎年演奏会があり、あの時はその婚約者の妹に、演奏会には来てくれと言われていたのだ、と――。

「音楽一家なんだ。父親は有名なバイオリニストで、母親はピアノの先生。妹も今はバイオリン留学をしている。今日は帰ってくるみたいだけど」

「ああ、あのおまえに気があるふうな女……」

「和音ちゃんは妹だよ、僕にとっても」

自分に気があることにはさすがに気づいていたらしい。家族ぐるみの付き合いだったとはいえ、恋人だった女は死に、面倒な妹がいる、そんな演奏会に参加する気持ちが田上にはわからなかった。そんなの行くな、と言ってしまいたくなる。

「今もその女のことが忘れられないのか？」

未練があるからだとしか思えなかった。

「いや。そういうんじゃないと思う。綾乃が死んでからも、何人かと付き合ったし」

「でも、長続きしない」

「それは、綾乃と比べて、とかそんな理由じゃないよ。なんかこう、恋愛に情熱が持てないっていうか、恋愛を自分の中で一番に持ってくることができないんだ。だから、自然消滅したり、振られたり。言い寄ってくるのも向こうなんだけど」

その情熱のなさこそが、恋人を失ったからではないか、と思ったが言う必要もない。

「もう行かないとまずいんじゃないのか？　まさかその格好で行くわけじゃないんだろ？」

行人はチェックのシャツにジーンズというラフな格好だった。特に商談などの予定がないとこんな格好で、ロッカーにはいつもスーツ一式が入れてあった。

「ああうん、家で着替えてから行くんだけど……。ごめんな。終わったら行くから」

「来なくていい。俺がいればおまえはいらん」

「でも新太、あの店苦手でしょ？」

苦手だと見抜かれていたことに少しばつの悪い思いをする。得意そうに見えるわけもないが、苦手だと顔には出していないつもりだった。

行人が率先して欠員補充に出向くのは、接客が好きだからだと思っていたのだが、会社の人間の中で自分が一番客商売向きであることを自覚しているからなのかもしれない。

冷たい顔をしたオールバックの男が、あの店に馴染まないことは誰の目にも明らかだ。

「そんなこと言ってられるか。仕事だ」

それでも人数が足りずにサービスが滞るよりはマシなはず。夜なら大丈夫だろうと田上は店に出たのだが、いっそいない方がよかったかもしれない、と思った。

ニコリともしないウエイターは客を怖がらせた。無理に笑顔らしきものを浮かべてみれば、客の顔が引き攣《つ》った。この顔で男は騙せたが、健全な場所では反応が正反対だった。

夜も十時を過ぎたというのに、まだ子供連れの客がいる。家庭によって事情はそれぞれだろうが、食事が終わったのならさっさと帰って子供は寝かせればいい。少なくとも、食事している客席の間を子供が走り回るのは止めるべきだ。

若い両親はおしゃべりに盛り上がり、子供を注意しようという気配もない。

食器を引こうとしたところにぶつかられて、田上は走り回る子供の頭を片手で掴んだ。

「少し静かにしなさい。皆さん食事中です」

静かに叱《しか》れば、子供は火が付いたように泣き出した。

「ちょ、ちょっとうちの子になにをしたの⁉」

「お静かにとお願いしただけですが」

「なんなの、ここはファミレスなんでしょ⁉　いいじゃないの、子供が少しくらい騒いだって」

「ここは皆さんに心地よく食事をしていただく場所です。子供を野放しにしていい場所ではありません」

「な、な、なんなの⁉　子供がダメならそう書いておきなさいよ」

「お子様大歓迎です。しかし、躾《しつけ》のされていない子供は、将来その子自身が苦労することになります。ちゃんと叱ってあげてください」

言いながら、余計なことを言っていると思った。馬鹿な親を見ると、つい私情が入ってしまう。

甘やかされた子供の行く末を今までたくさん見てきた。のびのび子供を育てるのと、なにも叱らないのは違う。子供に関心があれば、口は自然に出てしまうもの。自分のために叱ってくれる人は、自分を愛してくれている人だと、子供はちゃんと感じ取る。ひっぱたかれても恨んだりはしない。己の鬱憤をぶつける暴力とは違う。

そういうことを田上は保護観察中に知った。鳶の親方夫婦に教えてもらった。

「なんなの、この無愛想で失礼な店員は！」

「適当に育てると、こんな大人になりますよ？」

フッと笑ってみせれば、一瞬ビクッと怯えた顔になった。しかし立ち直りは早い。

「ならないわよ、うちの子は！　すごくいい子なんだからっ！　帰るわよ」

夫婦は二人の子供を引き連れ、金を叩きつけて去っていった。

「お騒がせしました」

客に向かって頭を下げたが、目が合うそばから逸らされる。

やはり客商売は向いていない。特に今日はどうもイライラしていたようだ。いつもなら呑み込める言葉が呑み込めなかった。

店内はせっかくの穏やかな食事時間に水を差され、しらけた空気が漂っている。

基本的にはあの親子のせいだと思うが、自分の処理の仕方は巧《うま》くなかった。こういうところではまったく使えない。自分のダメな部分を再認識する。

もうフロアには顔を出さない方がいいかもしれない、とバックヤードに戻ろうとした時、軽やかな鳥の囀《さえず》りが聞こえた。

夜なのに……と、怪訝に思って振り返ると、銀の横笛をかまえた男が、店の隅に立っていた。黒いスーツをすらりと着こなし、貴公子然と立って音色を奏でる。

以前、うるさいと不評だった滝を、ちょろちょろと滴《したた》るような流れに変えたおかげで、その澄んだ音色は店の隅々にまで届いた。

音楽に興味のない田上は、店のBGMなど行人に一任していた。この店には普段、静かにピアノの音が流れている。そこに生のフルートの音が加わっただけで、空気がガラッと変わった。穴を空気が抜けていくだけの音に、人々の心が潤されていくのがわかる。

常識のない客と無愛想なウエイターのやりとりにささくれ立っていた空気が、穏やかに修復されていく。

曲が終わると拍手喝采《かっさい》。行人は演奏家らしく手を胸に当て恭《うやうや》しくお辞儀をした。

空気が一変したことにホッとしながらも、行人に尻ぬぐいされたという事実に、田上のプライドは著しく傷つけられた。私怨《しえん》じみた不満を客にぶつけた自分と、優雅に場を和ませた行人。敗北は田上の中の劣等感を呼び覚ました。

あくせく生きる貧乏人と、いつも余裕綽々《しゃくしゃく》の金持ち。基礎が違えば、同じようなものを積み重ねてもできあがるものは違う。

行人には勝てない。そして勝ち負けにこだわっているのは自分だけ。

田上は更衣室に入って音を遮断するようにドアを閉めた。制服を乱暴に脱ぎ捨て、自前のスーツに着替える。高級スーツさえ虚栄心の現れに思えた。

イライラして更衣室を出ようとしたら行人が入ってきた。会わずに出たかったのに、こんなことすら思い通りにいかない。敗北感の上塗りをされた気分だ。

「リサイタルはもう終わりか？」

「うん。もういいと思う」

その言葉で、行人が空気を感じてフルートを吹いたのだとわかった。

「俺をフォローしたつもりか？」

「そんなんじゃないよ。あれは新太のせいでもないでしょ。ただ、ちょうどフルートを持ってたから。それに、ここだったら新太も聴いてくれるかなと思って」

行人は少し照れたように微笑んだ。どうだった？　と、その目が訊いている。

邪気のない表情の裏に、自分を馬鹿にして見下している、そんな顔が隠れている気がしてならなかった。行人なんかに気遣われたくもない。どうしようもなくイライラする。

「空気が穴を抜ける音なんてどうでもいいと言っただろう。そんなものを聴いて喜ぶやつの気が知れないが、客は喜んでたからたまに吹けばいい。客寄せにはなるかもしれない」

声がきつく尖《とが》るのをどうすることもできなかった。八つ当たりだとわかっているのに。

「んー、やっぱりダメか……。新太の心に届けたかったのにな」

寂しげに笑ってそんなことを言うから、イライラが瞬間的にピークに達した。

なにかが弾《はじ》けそうになるのを必死で抑え込む。

「……俺にかまうな」

獣がグルルと威嚇するような声が出た。俺を見るな、近づくなと思いながら、なぜか足が前に出る。

「え？」

無垢《むく》な目が覗《のぞ》き込むように自分を見上げてきて、意識するより先に手が伸びていた。

「俺にかまうな、俺を慕うな、俺は……」

込み上げる凶暴な衝動を抑え込めない。行人の耳を摑んで強引に引き寄せ、その顔が痛みに歪んだ瞬間、田上の中でなにかが弾けた。

唇に唇を重ねる。ガツッと、触れるというよりはぶつかって、かすかに血の味がした。

啄《ついば》めばその唇は柔らかく、状況を認識する回路も弾け飛んだ。

細い体を抱きしめ、ただひたすら求める。舐《な》めて味わい、奪ってまさぐる。苦しげに漏れた行人の声が田上をさらに煽った。

これは代わりの誰かではない。想像よりも熱い体、熱い吐息、絡み合う熱――。

しかし、胸を強く押し戻され、それが拒絶だと認識した瞬間に我に返った。

唇を離せば、間近にある顔はただ呆然《ぼうぜん》として、唇は濡《ぬ》れて開いたまま。また吸い寄せられ

そうになったが、目が合うと行人は困ったようにうつむいた。

行人に目を逸らされるのはかなりきつい。

馬鹿なことをした……。体は熱いのに、心は冷える。後悔が込み上げてきたが、もうなかったことにはできない。

「俺に近づくな」

そんなことしか言えなかった。

ただのビジネスパートナーというポジションさえ失うかもしれない。なにかフォローすべきだと思っても、行人には適当にごまかす言葉が出てこなかった。

でも、これ以上不用意に近づかれたら、もっとひどいことをしてしまうかもしれない。

まだ立ち直れていないらしい行人を置いて逃げるように更衣室を出た。

キスくらいで……。深刻になっている自分がおかしかった。そして行人への想いがのっぴきならないところまで来ていることを知る。

後悔するには感触が生々しく、とても教訓になどできそうになかった。

○○○

驚いた、驚いた、驚いた。

強引にキスされたことも、田上がすごくエロくさかったことも、男とのキスに少しの嫌悪感も覚えなかったことにも――。

そして傷ついた。それが自分を遠ざけるための手段だったと知って。

「近づくなって……ひどくない？」

ぼやかずにはいられなかった。かまうなとか慕うなとか、そんなのは無理に決まっている。言っても聞かないから実力行使だったのかもしれないが、その手段がキスというのはどうなのか。触れられたら近づけたように錯覚する。嫌がらせだったと知った時の落胆は大きかった。なぜそんなに田上が自分を遠ざけたがるのか、行人にはまったく理解不能だった。

わりとうまくやれていると思っていたのだ。時々だが、楽しそうな顔も見られるようになった。というか、それが見分けられるようになった。

キスする前の田上はなにか怒っているふうだった。しかしなぜ怒ったのかわからない。田上は本当に難しい。

正直、キスにはちょっと感じてしまった。嫌じゃなかったのは、田上が巧かったからだろう。思わず流されてしまいそうになった。

「くっそう……」

テクニシャンなところが、田上のひどい男っぷりを物語っている気がする。田上にしてみれば、男にキスすることなどなんでもないのだろう。こっちがゲイではないと知っているのだから、あれは嫌がらせに他ならず、だけどそれが嫌じゃなかった自分はゲイなのか？

悶々《もんもん》と悩んでいるのは自分ばかりで、キスの翌日も田上の態度は変わらなかった。

ただのビジネスパートナーという距離を保てば文句はないらしい。変に揉《も》めて辞めるなんて言われたら困るので、行人もなるべく近づかないようにした。

しかしその距離感は行人には難しかった。ついつい近づきすぎて、田上に睨《にら》まれる。

本当に、本気で睨むのだ。田上は自分が睨みのきく顔をしていることを、もっと自覚すべきだ。めげないのが取り柄だが、さすがに時々泣きそうになる。

元々嫌いだと言われていたし、一度は自分を騙して消えた男だ。今一緒にいるのは自分が半ば脅したようなもので、好かれる要素はないといえばない。

仕事は好きだが、社長は嫌い、ということなのか。一匹狼《いっぴきおおかみ》だった田上だから、人に使われるのは気に入らないだろう。それが行人だからなおさら。

「あのさー、新太」

「会社では田上と呼べと言っただろう、中垣《なかがき》社長」

「えー、そこまで逆行するの？　絶対嫌だから。僕が社長なのが嫌なら、社長代わってもいいから、僕ともう少し仲よくしてよ」

　最大限の譲歩を提案してみる。

「は？　おまえはなにを言ってるんだ。おまえが社長にしろと言ったんだろうが。どのみちおまえと仲よくする気はない」

「そんなに僕が嫌い？」

「嫌いだと最初から言っている」

「そう……だよねえ……」

　はっきり言われると、さすがの能天気も発揮できない。かなり応える。訊かなければよかった。がっくり肩が落ち、項垂れる。

「嫌いだが、この会社の社長はおまえだ。おまえの夢を俺が叶える、そういう約束だ。ぐだぐだ言ってないでシャンとしろ。おまえが夢を語るうちは付き合ってやる」

　田上は冷たい表情のままそんなことを言った。もしかしてフォローしているつもりだろうか。そんなに嫌われてはいない？　と思っただけで少し浮上する。

「じゃあ、僕の夢は新太と仲よくなること」

「それは業務外だ」

「ちぇ……」

そんなこんなで四年目は過ぎ、五年目に入った途端にショッキングな連絡が飛び込んできた。

「じ、祖父ちゃんが危篤だって。ねえ新太、一緒に来て」

「なんで俺が。さっさと帰れ」

「いいから、一緒に来てよ。お願い」

懇願すれば、田上は折れてくれた。

どうしても、どうしても祖父に田上を会わせたかった。

病院に着くと、聞いていた病室に急いだ。田上はなにも言わずについてきてくれる。

「祖父ちゃん!」

ドアを開けると、意外にも病室内はガランとしていた。広い個室の白いベッドに祖父が横たわり、傍らに祖父の秘書である老人が立っていた。

「なんだおまえは、騒々しい」

顔はやつれても、声は元気だった。

「騒々しいって、危篤だって聞いて来たんだけど……元気?」

「まあ、危篤なんて滅多にできんのだし、一回や二回は驚かしてやらんと」

しわだらけの顔でニヤリと笑う。

「心臓に悪いよ」

「若いんだから、これくらいは気付け薬にちょうどよかろう。恋のときめきもなさそうだからなあ、おまえは」

「なんだよ、すごい元気っていうか、いつもと一緒じゃん。心配して損した」

そう言ってはみたけれど、一月ほど前に見た時より驚くほど痩《や》せていて、胸が詰まった。冗談でも言ってないと悲しくなる。

「そちらはもしかして、おまえのお守《も》りをしてくれている……」

「お守りじゃないよ。うちの副社長で参謀の田上新太郎《しんたろう》。祖父ちゃんが会いたがってたから連れてきた」

田上は前に出て「田上です」と頭を下げた。結局、会社の資金として祖父に金を借りることはなかったので、今まで会う機会がなかった。

鋭い眼光で見つめられ、さすがの田上も心持ち緊張しているようだ。

「ふむ……面白いの。行人にはこれくらいの苦労人でないと、重しにもならんじゃろ」

「へえ、顔を見ただけでわかるんだ、さすが」

祖父は人にしても物にしても見る目は確かで、自分の感性だけを信じて道を切り開いてきた人だ。でも行人が田上を見てほしかったのは、批評がほしかったのではなく、ただ自慢したいだけだった。最良のパートナーを見つけたと報告しておきたかった。

祖父が田上をどう見るかはまったく読めなかった。いい奴だとはお世辞にも言えない。根は善良かもしれないが、これまでの所行からすると悪党と呼ぶに相応《ふさわ》しい。もし、この男はダメだと言われても、それでなにかを変える気はなかった。

それでも、認めてもらえばホッとする。たぶん田上もホッとしただろう。顔にはまったく出ていないが。

「おまえはいつもひとりで夢ばかり語る子供だったが、夢を現実にしてくれるパートナーに出会えてよかったな」

「うん。祖父ちゃんにとっての岩沢《いわさわ》さんみたいな感じかな。二人みたいになれたらいいな」

行人は祖父の傍らに立つ老人を見て言った。岩沢は田上と違ってとても柔らかい雰囲気がある。

「岩沢？　ふん……おまえらがわしらのようになれるかのう？　この爺s《じじいズ》は、おまえには想像もつかんような険しい道を越えて来とるぞ？」

祖父はどこか自慢げに言った。岩沢はただニコニコ笑っている。それがすごく羨ましかった。

「できるよ、絶対」

易々と挑発に乗る。行人には絶対の自信があるが、田上はと見れば、無表情で内心がまっ

たく読めなかった。

「田上さん、これはふわふわしとるくせに、妙に意固地というか頑固だ。厄介《やっかい》なのに捕まったの。ま、どうかよろしくお願いします」

「今は請け負いますが、俺はそんなに長生きができるとは思えないので……」

先の保証はしかねると、田上はかすかに笑みをたたえて言った。

「おい、行人。もうふられたぞ？」

「違うよ！　新太は慎重なんだ。絶対長生きする。僕が絶対生かす！」

田上のいない未来は考えられない。女だったら絶対嫁にしている。

「暑苦しくてすみませんね。でもまあ……簡単にはへこたれないので、ぶつかるも逃げるも、あんたの好きにしてください」

祖父は策士の顔で微笑んだ。なにか含みがありそうだったが、それがなんなのかはわからなかった。一度逃げたのを捕まえたのだ、なんてことはもちろん祖父には言っていない。

「ありがとうございます」

田上はおかしなくらい深々と頭を下げた。

「行人、人生は大きな川だ。人間なんて翻弄《ほんろう》されて流されるしかない。でも、自分にとって確かななにかを手にしていれば、どこに流されたって大丈夫だ。これ、と思ったら、決して手放すな。二つは掴んでいられない時もあるが、手放すものを間違えるな。命尽きる時に手にしていたいもの……まあ、あの世にはなにも持っていけないけどな」

どこか達観したように微笑む祖父は、もう半分ここにはいない人のようだった。細い糸がこの世に繋ぎ止めている。

「うん、わかった。僕は間違えないでちゃんと流されるよ」

祖父はニッと笑って、それが今生での別れになった。


祖父の遺産の半分以上はいろんなところに寄付された。それでも相当な額が遺族には遺された。

おまえがどう使うのか楽しみにしている——そう言われている気がした。相続税を払っても過分な額が残り、一気に使ってしまうことにした。

「よし、自社ビルを建てよう！」

そう言った時、田上はやはり呆《あき》れた顔をした。

「いかにもおまえの言い出しそうなことだ。運転資金に残しておこうとか、そういう腹は……ないんだろうな」

諦めたように言った。

「うん、ないよ。僕はお金と手を繋ぐ気はさらさらないから。それにこれは投資だよ。もっと会社を大きくするための」

にっこり笑えば、溜息が聞こえる。田上は背を向けて、ノートパソコンを開いた。

「大手ゼネコンじゃなくて、若手建築家とか、新進気鋭のデザイン事務所とか、そういうところがいいよな。ピックアップして、自社ビル建築のコンペを開くか」

「いいね！　夢を追ってる人にやってもらおう。いいアイディアが出てくるといいな」

田上の提案が嬉しかった。田上も同じ方向を向いてくれていると思えた。最初の頃は、人の夢を叶える手伝いなんて寒気がすると言っていたのに。行人が言い出すより先に、その方向へ舵を切ってくれた。さすがの参謀だ。もう以心伝心だ。

なのに急に、中堅ゼネコンをコンペに加えると言い出した。

「ゼネコンは入れないって言ってなかったっけ？」

「ゼネコンの中にいるが、郁己も夢を追うひとりだ。あいつはきっと面白いものを出してくる。プランを見てみたい。もちろん使えないなら容赦なく切り捨てる」

田上が下の名前で呼んだことに違和感を覚えた。田上が人を褒めるようなことを言ったのも、初めて耳にした気がする。なんだか胸がモヤモヤする。

「新太がそう言うなら、まあいいけど……。郁己さんって誰？　どういう知り合い？」

すごく気になった。

「俺が保護観察処分になった時に預けられた更生施設があって、そこは鳶職の家なんだが、その親方の息子だ。本当は鳶になりたかったのに、高所恐怖症で諦めるしかなくて。そいつが今ゼネコンで営業をやってる。たぶん……いや絶対、頑張ってるはずだ」

「珍しいね、新太がそういうこと言うの。……元恋人とか？」

「それ、郁己に言ったらぶん殴られるぞ。俺はあいつにとことん嫌われている」

「嫌われてる？　え、まさかその人も被害者？」

自分を嫌っている相手のために田上が動くなんて、ますます不可解だ。騙した相手なら、もう会いたくないのではないか。自分の時のように。

「まあ、ある意味最大の被害者だな。偶然会ったのは、きっとチャンスだ。失敗は前向きに取り戻せと言ったのはおまえだろう？」

「それは、言った、けど……なにを失敗したんだ？」

当然のように教えてもらえなかった。しかし、ニヤッと笑った田上の顔がとても楽しそうで、なんだか気に入らない。田上が楽しそうなんて、いいことだし貴重なことなのだが、なぜか胸のモヤが濃くなる。

「なんか、気に入らない……」

ボソッと呟《つぶや》いたが、田上は聞こえたのか聞こえなかったのか、まったく反応はなかった。

それからも田上はなにかと楽しそうだった。どんなビルにするかは、社内でも煮詰めていた。コンペでは同じ傾向のもの、もしくは凌駕《りょうが》するものを選ぶつもりで、見合うものがなければまたコンペをやり直すと決めていた。

どんな案が出てくるかは行人としても楽しみだったが、田上の楽しみはまったく別のところにあるようだった。

「それ、なに？」

田上がなにか熱心にやっているので、手元を覗き込んでみてびっくりした。田上が事務所で仕事以外のことをしているのを初めて見た。五年にして初めてだ。なにやら小さな白い輪っかをやすりで削っている。

「これはまあ……嫌がらせだな」

フッと粉を吹き飛ばし、輪っかを自分の指に出し入れする。どうやら指輪らしい。そうして、誰かを思い出してなのか微笑んだ顔が、優しくて楽しそうでとても気に入らない。

嫌がらせのために指輪を手作りするのか。嫌がらせが楽しいというのは、田上ならいかにもありそうだが。

「また詐欺で誰か騙そうとかいうんじゃないよね？」

「違う」

ムッとした声に、馬鹿なことを言ってしまったと反省する。田上はもうそんなことはしないとわかっているのに。このイライラはいったいなんなのだろう。

「新太は嫌がらせで指輪作るんだ。僕にも作ってよ」

「おまえは嫌がらせされたいのか？　でもおまえは虐めがいがないからなあ」

「なんで？」

「おまえは凹まなすぎる。なにをしても流されて、こっちが凹む」

田上が不満そうに言った。

「新太が凹む？　ないない」

「言っておくが、おまえより俺の方が圧倒的に繊細だ」

言い切られて、行人は口をへの字に曲げた。

「じゃあもっと顔に出せよ。それか口に出して言うか。僕にしてほしいこととか、ない？」

下からその顔を覗き込む。田上はムッと眉を顰《ひそ》めて避けた。

「俺に近づくな、と言ったはずだ」

やぶ蛇《へび》だった。祖父の葬儀などでばたばたしているうちに、その件はうやむやになっていたのに。キスのことも、このままなかったことにしてしまおう、なんて思っていた。

葬儀の時はずっとそばにいてくれて、両親よりも心強かった。

「嫌だよ、絶対！」

言うだけ言って踵を返す。これ以上田上の口からなにかを言われたくなかった。

最近どうも涙腺《るいせん》が弱くなっている。これくらいのことでなぜ涙がにじむのかわからない。

情緒不安定なのか。カルシウムとかなにかそういった物質が足りてないのか。いったいなにを摂取すれば、このモヤモヤした状態から抜け出せるのか。

嫌われているとしても、好かれている人なんていないないと思えたから我慢できた。田上は誰も好きにならないと、どこかでそう高をくくっていた。

ちゃんと好きになれる人がいたのだ。指輪を手作りして渡すような、特別な人が——。

感情が渦を巻いて、中央に吸い込まれてしまえば見えるものがありそうなのに、翻弄されるばかりでそこに行き着けない。ただぐるぐる踊っているだけ。

感情を整理するために、誰かに話を聞いてもらいたかった。携帯電話の電話帳を開いて、適当な誰かを探す。田上のことは知らない奴がいい。ちゃんと話を聞いてくれて鋭いアドバイスをくれそうな……と、考えながら動かしていた手が止まった。田上新太郎のところで。

他に相談できる人間もいないのか？

いや、聞いてくれそうな奴は数名思いつく。だけど、なんでも一番に相談したいのは他ならぬ田上だった。

「自社ビル建てるなんて、言わなきゃよかった……」

心がこんなに後ろ向きになるのは初めてのことかもしれない。なぜこんなに疲弊しているのか、自分で理由がわからない。

溜息ばかりがこぼれる。会社を起ち上げて五年、経営は順調なのに心は沈んでいた。夢が見えない。

自室に戻り、フルートを取り出した。心が沈んだ時にはこれに限る。綾乃の死も、祖父の死も、笛の音色と共に大いなる流れへ流した。悲しみがなくなることはないが、心を落ち着けることはできた。

陽気にも沈痛にもなるフルートの音色。しかしどんな曲を吹いても、心の渦はなくならなかった。ついには息を吹き込むことさえ辛くなる。唄口に溜息を吹き込んでしまい、戻ってきた情けない音が、今の自分を表しているようだった。

■■■

久しぶりに会った郁己は昔と変わっていなかった。きれいな顔も体格もそこそこ男らしくなっていたが、相変わらず色白で線は細く、現場作業員ではなく内勤なのは確実だった。舐められないために昔から目つきは悪かったが、それがさらに悪くなったのは自分のせいかもしれない。

しかしなにより、その真っ直ぐな性格が変わっていなかったことに、田上はホッとした。

でもそれを表に出すことはなく、過去の所業を謝るなんてこともできなかった。

ついつい、ついついからかってしまうのだ。郁己をからかうのは癖になるほど楽しい。

本気で怒って、本気で嫌って。しかし最後のところで人を突き放すことができない。郁己のその甘さは優しさであり、器の大きさだ。

行人の甘さは育ちのよさから来るもので、郁己のそれとは違うけど、最終的にはなんでも受け入れて許してしまうあたりは似ているかもしれない。

罪を犯して、相手に許してもらおうなんて考えるほど図々しくはない。憎まれて当然。恨まれるのが当たり前。それでも自分は自分の生き方を貫く――そう思って、犯罪にも手を染めてきた。

罰せられるなら受け入れる心づもりはある。しかし、許されるとどうしていいのかわからない。

我ながら、郁己の傷つけ方はひどかった。あの頃は、いろいろと言い訳をして自分を正当化しようとしていたけど、今思えばただ当たり散らしただけだった。

懐く郁己が可愛くて、もしかしたら手に入るかもと期待しながら、手に入れようとはしなかった。手に入るわけがないと思ったし、手に入れても必ず失うと信じていた。

人に対しては……好かれたい人に対しては、とことん臆病《おくびょう》で卑怯《ひきょう》だった。

『生意気に、俺と対等だとでも思っていたのか?』

ひどい言葉で信頼を裏切った。嫌われても当然のことを言えば、嫌われても諦められる。『親に愛された子供は自分が特別な人間だと思い込めるらしい。馬鹿げた思い上がりだ』

完全に八つ当たりだった。

置き土産に教えてやる、などと、まだ成熟しきっていない体を組み敷いた。未遂に終わったのは幸いだったが、つけた傷の深さはたいして変わらなかったかもしれない。

あの時の郁己の絶望したような顔は、今も忘れられない。夢に出てくるほど後悔したのに、郁己の顔を見るとどうしても素直に謝れなかった。

失敗したら前を向け――行人にそう言われた時、真っ先に思い出したのは郁己のことだった。しかし、前を向こうにも会いに行く勇気はなかった。

神なんて信じてはいないけど、偶然の再会は運命だと思った。郁己が今なにをしているのか調べ、すべてのタイミングが自分に償えと言っているように感じた。

それもこれも全部、行人がいたから……。

感謝しているし、愛している。たぶん口が裂けても言うことはないだろうが。

田上はデスクの引き出しを開けて、銀の指輪を取り出した。郁己にはもう渡した。さんざんに嫌がらせをして押しつけた。接待で酔った郁己を家に連れ帰り、ベッドに寝かしつけても手を出さなかったのは、郁己の昔の泣き顔と、今の行人の顔がちらついたからだ。

指輪には〝To　Y〟と彫ってある。しかし渡す気はなかった。ただの自己満足。郁己のを作って行人のを作らないわけにいかない、という変な義務感に駆られた結果だ。

指輪には行人の誕生石のアクアマリンをはめ込んだ。郁己のにはもちろんなにもしていない。すぐに投げ捨てられるものに装飾を施すほど暇ではないし、金がもったいない。

渡す気もない指輪には、小さいが本物の宝石を埋め込んだ。

「新太、時間だよ」

声を掛けられ、指輪をとっさに手の中に握り込んだ。

「わかった、すぐ行く」

コンペのプレゼン会場である、昨年追加で借りた階下の会議室へと向かう。従業員もいまや三十人ほどになり、事務所の移転はかなり前から計画していた。しかしさすがに、行人が遺産をもらわなければ自社ビルというわけにはいかなかった。

会社が大きくなるほど、別れが近づいている気がする。いつか自分はここを去る。いつまでも行人の横にいるわけにはいかない。行人の祖父とその秘書のようにはいかないのだ。

なにせ自分には邪な想いがある。自分の中ではかつてないほど純粋な想いだが、世間的には邪道だ。そして自分の存在自体が邪道だ。

行人の横に座ると、郁己がこちらを不思議そうに見ていることに気づいた。しかし、隣で行人が溜息をつくと、そちらに意識を持っていかれる。

行人の溜息なんてほとんど聞いたことがなかったのに、ここ最近やたらと耳にする。なにかと上の空で、不機嫌だ。全部行人には珍しいことだった。

いつも前向きでほがらかで悩みなんてありません、という顔をしていた。迷わず突っ走っていく行人に振り回されながらフォローしているうちに、五年はあっという間に過ぎていた。

何度も近づくなと言われれば、いくら能天気な行人でも落ち込むのだろう。行人はきっと、人に嫌われるということにあまり慣れていない。大学の頃もいつも友達に囲まれていた。今も社員に慕われている。いつだって笑顔の真ん中にいる。なにも仏頂面で自分のことを嫌いだと言う男を隣に置いておく必要はないだろう。特にプライベートでは。

郁己のプレゼンの順番になり、模型を覆っていた風呂敷が上げられた途端、田上は決まったな、と思った。隣を見れば、行人の目が輝いている。前の二つの時はつまらなさそうだったのに。

郁己のプレゼンは巧いとは言えなかったが、だからこそ情熱が感じられた。研究して必死に考えてくれたのだろうと伝わってきたし、いい物を作ろうという意気込みも感じられた。なによりその建物に郁己自身の夢が感じられて、うちの会社の趣旨ともぴったりはまった。

これを形にしないわけにはいかないだろう。

田上が後押しをする必要もなく、郁己の会社が提出したプランに決まった。

償いはプレゼンに参加させるところまで。特別な後押しをするつもりはなかった。落ちるならそれまでだと思っていたし、郁己が後押しを期待しているとも思えなかった。

実際郁己は言ったのだ。まだなんのプランも立てていない時に、私情で落とすなら損をするのはそっちだ、と。

その負けん気の強さがS心をそそるのだが、わかっていても郁己は変わらないだろう。

行人はよほど気に入ったのか、社長室に置いた模型をしげしげと眺めている。

「新太、なにかアドバイスしたのか？」

そう訊きたくなる気持ちもわかるほど、郁己のプランは行人好みだった。水が流れるイメージの外観、人が、そして人の夢が集まる場所。完璧だ。

「いや、なにも言っていない。でも、あいつはどこかおまえと似てるからな……」

全然似ていないのだが、似ているのだ。どこがどうともいえない、もしかしたら自分を慕ってくれたところが、という主観的なものかもしれない。

嫌われたくないから、近づいてほしくない。大事なのに、傷つけてしまいたくなる。

「似てる？」

行人はデスクに腰を預けて首を傾《かし》げた。

「ああ、容姿のことじゃない。安心しろ。おまえを無理に押し倒したりはしないから」

「押し……押し倒したのか⁉」

行人は耳を疑い、目を丸くした。その顔が間抜けで、可愛かった。行人は郁己とは違う意味で、反応が素直だ。自分を隠そうとしない。それはやはり育ちのよさであり、強さなのだ

ろう。

　いちいち予防線を張って、裏腹な言葉で牽制《けんせい》しなければならない自分を小さく感じる。しかし、それも行人のためだ。

「未遂だけどな。郁己は俺のタイプど真ん中で、昔はもっと可愛かったからちょっと血迷った。でもまあ、あれはあまり後味のいいものじゃなかったから、二度としない。おまえがどうしてもしてほしいって言うなら、できないことはないが……」

　言いながら頰《ほお》に触れれば、行人はビクッと離れた。それだけのことに小さく傷つく。

「いや、押し倒されるのは……いい、です」

　行人には珍しい引き攣った顔に、ニヤッと笑ってみせた。

　頭の中はきっと妄想でいっぱいだ。しかし、行人の妄想なんて大したことはないだろう。田上が郁己に浴びせかけた暴言など、なにひとつ想像もできないに違いない。

　現実に聞くことにならないうちに、離れてもらいたい。自分が言わなければいいだけなのだが、キスしてしまった時の自分を思い出すと、自信がなかった。

「新太の失敗って、それ？」

「ああ。おかげで償いらしきことができた」

　後ろを振り返って悔いることしか、もう自分にはできないのだと思っていた。修正できるなんて思ってもいなかった。郁己にも親方たちにも顔向けができなくて、自分は悪だと開き直り自暴自棄に生きてきた。

　行人に出会わなければ、きっと今もそれは続いていただろう。

「そっか、じゃあよかったな。郁己くんが優秀でよかったな」

　なぜここでそんなに嬉しい顔をして笑えるのか。最低のことをした男が、仕事にかこつけて過去の償いとしたと告白したのだ。まるで自分のことのように喜ばないでほしい。

「ああ、まったくだな。……ちょっと、出てくる」

　眩《まぶ》しくて見ていられない。頭を冷やさないとヤバイ。抱きしめてしまいそうだ。

　足早にビルから外に出ると、日差しの眩しさにホッとした。いつもは太陽なんて敬遠するのに、闇《やみ》の中にいては自分が光を求めてなにをするかわからない。

　どうしようもない衝動に駆られる頻度が増えている気がする。

　行人を組み敷いて、嫌がるのを引き裂いて、泣かせて……体の隅々まで手に入れたい。そんな凶暴な衝動――。

　行人はどんなふうに喘ぐのか……想像しただけで体が熱くなる。まるで高校生だ。

　こんなことを考えていると知ったら、さすがの行人も、一緒にいてくれ、なんてことは言わないだろう。

「でも、言いそうなんだよなあ、あいつは。……翌日にはケロッとして」

　本当にやったら、行人はどんな目で自分を見るだろう。

想像してゾクッとする。それすらも見たいなんて……かなり危険だ。

どうやって消えれば、行人を傷つけず、なおかつ捜そうなんて気にさせないだろうか。そう思う自分と、今さらなにを善人ぶっているのか、全部ぶち壊せばいい、と思う自分がいる。

今までいろいろとひどいことをしてきた。

金は余っているところからしか取ったことはない。そう思っていたけど、行人は実際には金を持っていなかった。他にもそういう奴がいたかもしれない。

でも、金がなくなったら生きていけないような人からは搾取していない自信がある。金に関しては。

しかし心は、たくさん傷つけてきた。人の傷には鈍感だった。見返りを与えているからギブアンドテイクだ、なんて……。自分に都合のいい言い訳をしてきた。

どこかで自分が一番可哀想《かわいそう》なのだからと、生い立ちに甘えていたのかもしれない。

行人と離れることが自分にとっては一番の罰《ばつ》だ。しかしそれも、自分勝手な言い訳のように思う。

せめてビルが完成するまでは見届けたい。予定ではあと半年ほど。そして消える。今度は捜さないでくださいと書き置きでもしていくか……。

翌日、挨拶《あいさつ》に来た郁己に建設現場まで案内しろと言うと、予想通りすごく嫌そうな顔をした。それでも仕事は仕事と真面目に案内してくれる。

らなくなった。

郁己への嫌がらせが、最近では唯一の息抜きだった。郁己も古傷をついてもあまり痛がらなくなった。

それはきっと、郁己に懸想している男のおかげだろう。この男もまたからかいがいのある男で、どこまでも真《ま》っ直《す》ぐ猪突猛進《ちょとつもうしん》、郁己への好意を隠そうともしない。こういう男に好かれると幸せになれるのだろうな、と素直に思える奴だった。

歪んでいる田上にとっては、実にイライラする苦手なタイプだ。いい男だと認めても、娘を嫁にやりたくない父の心境——というのが、今の田上の感情に一番近いかもしれない。なにかとつついては相手を試したくなる。二人がくっつけばいいと思いながらも、簡単にくっつかれるのも面白くない。

しかし、郁己が簡単に男とくっつく人間ではないと知っている。だからこの親心は、ただの嫌がらせにすぎなかった。

自分の屈折した性格が、自分で嫌になることがある。他人がこれを受け入れるなんてできるはずがない。

「世の中には馬鹿がいるんだよ。おまえとはタイプが違う馬鹿だけどな。……俺を信用するんだ……そういう奴、俺は本当、苦手なんだよ」

田上の口からボソッと本音が漏れた。郁己相手だとどうもガードが緩む。タイプは違うが、やはりどこか似ているのだろう。

ビルの建設予定地は、今はただの空き地だった。敷地の周りを縄と自立式のフェンスで囲んであるだけ。ここにあと半年もすれば立派なビルが建つ。

「おまえんとこのプランで、うちの社長が一番気に入ってたのは、人が集まるように考えてあったところだ。あいつはそういうのが好きなんだよ」

根本的に行人は人が好きなのだ。人が自分とは違うなんて当然のことだが、それを受け入れられる人は少ない。

ああ、そこか……と気づく。行人と郁己の似ているところ。自分でも受け入れてもらえるような気がしてしまうのだ。

だけど行人の方が寂しがりかもしれない。苦労知らずで育っても、ふんだんに愛を注がれて育ったという感じはなぜかしなかった。いつもなにかを求めている。行人のフルートの音には優しさと寂しさがあった。

「俺はそういうの大嫌いなんだけどな。ま、俺の趣味でやったら殺伐とするから。あいつやおまえがいいって言うものの方が、たぶんいいんだろう」

「へえ。意外に独裁じゃないんですね、副社長」

郁己が茶化すように言った。独裁どころか……今までの成り行きを話したら、常識人の郁己は呆れかえるだろう。

「俺は、頭はいいが、センスとか直感とか、感覚に頼るようなものは苦手だと自覚している。

だからあいつと組んだんだ」

なし崩しに本音がこぼれる。自分が劣っているなんてことは思っていても口にしない主義なのだけど。それでも、組んだのではなく組まされたのだということは、さすがに言えなかった。

「金目当てじゃなかったんだ……」

「それもある」

ニヤッと笑う。行人は金づる——それだけだったらどんなによかったか。

それから、郁己の実家へと案内させた。

郁己の両親、親方夫婦にはすごく世話になったのに、ろくに礼も言わずに消えてしまった。さすがに息子に強姦未遂をかまして、知らぬ顔で挨拶できるほど面の皮は厚くなかった。

それがずっと心残りだったのだ。郁己には「うちでビルを建てる会社の副社長だ」と言わせた。その苦虫を噛《か》み潰したような顔がよかった。それでも両親が喜べば、まあいいか……という顔になる。甘い。

郁己が会社に戻り、話し好きの親方夫婦とひとしきり話した。礼もなく消えた田上を二人は責めなかった。来てくれてよかった、立派になってよかったと、にこにこ笑っている。これでも十年前はかなり厳しい人たちだった。もちろん意味のある厳しさだったのだが、気づけたのはここを出てからだ。

「じゃあわしらは寄り合いに行くけど、またいつでも遊びに来い。困った時も必ずここを思い出せ。待ってるから」

誰に対しても間口が広く、許してしまえるあたりが、郁己は父親似なのだなと思う。立派な父親、温かい母親、厳しいけれど愛のある家庭。昔の自分はそこで育った郁己が妬ましくて仕方なかった。

ここに来る非行少年のほとんどがそう思うのだろうから、郁己の苦労たるや大変なものだっただろう。と、やっと今になって思いやれる。

裏の畑に回ったのは、懐かしさからの気まぐれだった。

「なにしに来たんだよ、あんた」

この男がいるとは思っていなかった。しかし、その真っ直ぐに挑んでくる目を見たら、無性に虐めたくなった。

「やあ、元気そうだ。きみは郁己の……ファンだっけ？」

「違う！　俺は郁己さんの……」

胸を張ってなにかを言おうとして言い淀む。どうやらまだできあがってはいないらしい。これだけストレートに来られて、まんざらでもないくせに落ちない郁己はやはり頑固だ。いや、もしかしたら自分のせいだろうか。

どちらにしろこの男が押さなければ郁己は落ちない。落ちてほしいのかというと微妙だが、自分のせいならなんとかしてやりたい。それこそ余計なお節介だが。

「まだお友達止まりか。気を遣って遠慮してあげたのに。一緒のベッドに寝て手を出さないなんて、郁己に悪いことをした」

「てめえ……郁己さんに手を出すな！　あんたなんかに郁己さんはやらない！」

挑発には簡単に乗る。この真っ直ぐな熱血漢が非行少年の更生施設に来た理由は、きっとそのへんにあるのだろう。

やっぱりイライラする。やらない、なんて言われたら、意地悪せずにはいられなかった。煽れば身に危険が及ぶかもしれない、そんな匂いはぷんぷんするが、あえてそこに突っ込みたい気分だった。拳《こぶし》でも振るえばすっきりするかもしれない。そんな暴力的な衝動はかなり久しぶりだ。

「やらないって、きみは郁己のなんなの？　俺の可愛い郁己になにする気？」

簡単にその気になった男に、胸ぐらを摑まれる。勝てないかもしれない、と思いながらも、相手する気満々で挑発を続ける。しかしそこに、折よくなのか、悪《あ》しくなのか、郁己が割り込んできた。

「大信《たいしん》！」

頭に血が上っている男の腰に抱きつき、引き離す。

ゲームオーバー。お開きだ。喧嘩なんて馬鹿馬鹿しい……というい つもの自分が戻ってきた。これでよかったのだが、溜まりに溜まったフラストレーションを発散できなかった。代わりに口で二人に嫌がらせする。馬鹿にしてみたり、煽ってみたり、意味のない忠告をしてみたり。郁己は怒鳴りながらも冷静だが、大信の方はずっと殴る機会を窺《うかが》っていた。郁己に止められているから手を出さない、主人には忠実な狂犬。

郁己のことを「大事な人」だと堂々と宣言した大信に、「聞いてる方が恥ずかしい」と茶化した。田上としてはごく自然な切り返しだったのだが、狂犬の一吠《ひとほ》えが田上の心に突き刺さった。

「大事な人を大事だと言うことの、なにが恥ずかしいんだ⁉」

なんて真っ直ぐで正しい言葉なのか。

大事な人を大事だと言うことができないのは、自分に自信がないから。言えない自分をこそ恥じるべきだ。

強がって言い返してはみたが、すでに心は負けを認めていた。自分を護《まも》るために屈折しまくった人間が、傷つくことを恐れない人間に勝てるはずがない。

「もう帰れ、田上。俺もおまえも勝てやしないって。……大事な人に大事だって、言いにいってみたらどうだ？」

郁己に言われたが、それができれば苦労しない。

こんな気持ちのまま家に帰っても、悶々と敗北感と劣等感にうちひしがれ、眠れないに決まっている。

だからいつものバーへと向かった。ずっと行き続けている唯一の店。他のところはなにかしら悪いことに利用して、その都度切らざるを得なかった。

逆に言えば、ここでだけはそういうことをしたくなかった。ママは人の道に外れたことには厳しくて、平気で客に説教する。暑苦しいのは嫌いなはずなのに、居心地がよかった。そしてふと、ママは親方に似ているのかもしれない、と思い当たる。姿形や話し方は正反対というくらい違うが、魂が似ている気がする。

だからか……と、妙に腑《ふ》に落ちた。

「ねえ、あんたのことを嗅《か》ぎ回ってるのがいたわよ？　またなにか悪いことやってるんじゃないでしょうね⁉」

入るなりママにそう言われた。まるで心当たりがない。

「いや。最近は真っ当すぎるほど真っ当に生きてて、自分でもびっくりだ。詐欺罪の時効って何年だっけ？　もう七年は清らかなんだけど」

確か公訴時効は七年だったはずだが、捕まるならそれでもいい。それが一番穏便に別れられるかもしれない。ただ、行人や会社に累が及ばないようにしなくてはならない。

水割りを水のように呷《あお》り、ひとしきりくだを巻いてバーを引き揚げた。歩いて家路に就いたが、頭は妙に冴《さ》えていた。少しも酔えていない。なんのために寄り道したのかわからない。

「あの……」

マンションに入ろうとして声をかけられた。思い詰めたような顔の女。どこかで見覚えがある気がしたが、女を騙したことはない。

「行人さんの会社の、副社長さん、ですよね？」

そう言われて思い出す。これは確かいつか駅で見た、行人の死んだ婚約者の妹だ。

「そうですけど？」

楽しい用件でないことは、その顔を見ればわかった。勝ち気そうな目は敵意に満ちている。しかし田上は、嫌われるのにも疎まれるのにも慣れていた。慕われるよりいっそ心地いい。

「私、椎野和音と申します。あなたにお話があります」

強い口調、睨むような視線、まるで宣戦布告だ。

「ここで？」

「いえ。近くのホテルに部屋を取っていますので、そこで」

「俺と一緒にホテル？　いいの？」

露悪的に笑ってみせる。

「危険、では、ないでしょう？」

「それはどうかな」

知らない男と二人きりで密室に入って、ゲイだから安全だなんて、そんなはずはない。バイかもしれないし、命を脅かされるかもしれない。自分で部屋を取って、招き入れて、それでなにかあっても誰も同情してくれない。

「行人さんが信じてる人だから……信じます」

猛烈にイラッとした。少しも信じてなんかいないくせに、行人の名前を出してプレッシャーをかけてきた。それも、私は彼を信じていると主張までしている。

これまた育ちのいいお嬢様だ。世の中の悪意を甘く見ている。

「そう。素晴らしい心がけだね。その勇気は認めるよ。じゃあ行こうか」

笑顔を向ければ、和音は明らかに怯えた顔になったが、逃げ出しはしなかった。


和音の話は、やっぱりなにも楽しいものではなかった。そして、それほど馬鹿でもなかった。ホテルの部屋には壮年の男性が一人いた。これまた見覚えのある顔だ。

男は田上を見ると、ハッと目を逸らし、顔をうつむけた。田上は苦笑する。後ろめたく思うべきはこちらのはずだが、よほどあちらの方が後ろめたそうだ。

「あなたは行人さんから離れてください。あの人は小さな会社の社長なんかではなく、世界的なフルート奏者になれる人なんです。あの才能を埋もれさせるなんて、世界の損失です！」

男のことには触れず、和音は初っ端《しょぱな》からヒステリックに田上を責めたてた。

「世界か、大きく出たね。で、行人は社長なんかやってるよりフルートを吹きたいって？」

田上はベッドに腰かけ、足を組んで仁王立ちの和音を見る。

行人がそんなことを言うわけがない。小さな会社だとか、社長なんかとか、いちいち気に障る。田上はかなりむかついていたが、顔には笑みを浮かべた。

「それは……たぶん、死んだ姉のことがまだ忘れられなくて、フルートはきっと思い出しちゃうから……。でも、人に演奏を聴いてもらうのは好きだって言ってたし、社長になるっていう夢はもう叶ったんでしょう？　だったらもういいはずです」

「それは俺に言われてても。行人に言ったらいいんじゃない？」

じっと見つめれば、和音は表情を険しくした。

「わ、私はバイオリン奏者です。今度ツアーをすることになって、行人さんにも参加してほしいってお願いしたけど、断られました。仕事があるからって。でも、どうしても行人さんのフルートが必要なんです」

「それはきみの都合だろう」

「違います。あなたは行人さんのフルートを聴いたことがないんでしょう？　あの素敵な音を埋もれさせちゃいけないのよ」

それがエゴでなくてなんなのか。音楽至上主義の人間は、他を蔑《ないがし》ろにしがちだ。

「そのためなら行人の意思は無視？　そもそも嫌々した演奏が人の心を打つのか？」

「それは……、舞台に立って演奏すれば誰だってその気になるわ。あの喝采を浴びたら」

「喝采を浴びるより、金を数える方が楽しいって人間も世の中にはいるんだよ」

「それはあなたでしょう⁉　行人さんはそんな下品な人ではないわ」

「その下品な人と一緒に仕事がしたいと言ったのは行人だ。きみにとやかく言う権利はない」

内心の苛立《いらだ》ちが強い口調に出てしまった。行人の歩く道を変える権利など誰にも……自分にもない。

「あ、あなたなんて、犯罪者じゃない！　私、あなたのことを調べたのよ。行人さんがあなたのことをすごく信頼しているから、心配になって……」

反撃に転じて、やっと話が本題に入った。

「へえ。行人を信じてるのに、ご苦労なことだね」

「なぜ平然としてるの？　あなた、詐欺師なんでしょう⁉　この人に見覚えあるわよね？」

和音は引導を渡すように言ったが、それくらいでは動じてやれない。

「ない、と言ったら？　俺が騙したっていう証拠を出してくれるのかな？」

騙した覚えはある。しかしこの男にとってはポケットマネー程度の金額で、公にしたくないから被害届も出していないはずだ。少なくとも七年以上も前のことをよく調べたものだ。

和音はなかなか優秀な探偵を雇ったらしい。

男はずっとうつむいている。来なければ、ゲイだとばらすとでも言われたのか。騙されたことなんてもう忘れたかっただろうに気の毒だ。

「証拠って……騙したのは事実なんでしょう？　行人さんのことも騙してるんでしょう⁉　行人さんにお金を出させるために。あなたは行人さんのそばにいてはいけない人なのよ！」

最後の言葉に関してはその通りだが、その通りだとは言いたくなかった。

「そう行人に言えばいいだろう」

「言ったわよ。言ったけど……それは昔のことだって……。今は違うって」

容易にその時の行人の顔が想像できた。にっこり笑顔で、少しも疑っていない顔で……。だから余計に騙されていると思うのだろう。洗脳されていると思っているのかもしれない。

そう人に誤解させるほど、信じてしまえる行人がおかしいのだ。自分で自分を洗脳してるんじゃないかとこっちが疑いたくなる。

「そうだな。そろそろ行人とは離れてやってもいいが……はたして行人がきみを選ぶかどうか」

わざと意地悪く言って、和音の手を引き、バランスを崩した体をベッドに押し倒した。上から押さえつけて見下ろす。女の体は軽すぎて手応えもなくて物足りない。

「な、なにをするんですか……」

怯えた顔は悪くなかった。女はかなり久しぶりだが、やることは大差ない。

苛ついた。行人のことが好きなくせに、行人の気持ちを蔑ろにする女。行人との「ずっと」を夢見ることができる女。離れるしかない自分。

「なにをしようか？　行人のことなんて忘れちゃうようなこと、する？　それとも、顔向けできなくなるようなことをしようか」

間近に顔を寄せ、微笑みながら囁《ささや》いた。真っ青だった和音の顔にほのかに朱が差す。それでも体はガチガチに固まって、声も出ない。こういうことに免疫がないのだろう。真性お嬢様だ。さらに顔を寄せれば、ギュッと目を瞑《つむ》って横を向いた。

「キャー！　もう、僕もいるのにずるい！　女なんかにそんなことするなんて！」

野太い奇声に、場の緊張が一気に解けた。男は内股《うちまた》で不満げに睨みつけている。

「黙ってろよ、おっさん。ああそれとも……三人でするか？」

「おっさんじゃないよ。……もう名前なんて忘れちゃったよね」

乙女のように言われて、田上は笑みを浮かべた。

「忘れてないよ、ヤスアキ。また百万出すなら混ぜてやるけど？」

名前を呼べば、大企業の役員をしているはずの男が子供のような笑みを浮かべた。

「出すよ、百万くらい……いくらでも出す」

一瞬で眼差《まなざ》しが妖《あや》しくなり、男は横から顔を寄せると田上の唇を奪った。田上は女を押さえつけたまま応える。

「これは、詐欺？」

濡れた唇のまま和音に問いかけた。一メートルに満たない距離で男同士の濃厚なキスシーンを見た和音は、目を真っ赤にして田上を突き飛ばした。

「触らないで、汚らわしい！」

「はいはい、汚らわしくてごめんなさい。で、どうするの？　これも行人に報告する？　それでもいいよ」

愛想を尽かされれば楽になれる。このお嬢さんと結婚する方が行人らしいかもしれない。人々に祝福され、温かい普通の家庭を作る。行人にはそれができる。でも自分には、それを近くで見守るなんてできない。

大事な人に大事だと言うより、離れる方が大事な人のためだ。

「あなたは、行人さんのこと……」

その先を言わせたくなかった。

「強姦されてみる？　そしたら行人は俺に愛想を尽かし、きみに同情して優しくしてくれるかもしれない。自分のせいだと思って、罪滅ぼしに結婚してくれるかも」

言った途端に平手が飛んできた。音はよかったが、痛みとしては物足りない。

「最低！　あなたなんか……」

和音は立ち上がり、自分のバッグから封筒を取り出した。

「これ、来てください。行人さんの音を聴いたら、私の言ってることがわかります」

それは、例の命日演奏会への招待状だった。亡くなって十年。節目の大演奏会らしい。

封筒を押しつけて和音は部屋を出て行った。

「大丈夫？　ねえ、本当に百万払ってもいいよ？」

赤くなった頰に手を当てて、男は訊いてくる。

「悪いな。俺は本当は羽振りのいい奴、嫌いなんだ」

にっこり笑って、田上も部屋を出た。


演奏会は小さなコンサートホールを借り切って行われていた。招待券なしでは入れない私的なコンサートだが、観客はかなり多かった。ツアーをするほどのバイオリニストの演奏がただで聴けるのだから、招待されれば嬉々《きき》としてやってくるだろう。

しかしそれは音楽好き、それもクラシック好きの場合だ。田上のように音楽全般にいささかの興味も抱けない人間にとっては苦行の時間でしかない。

入場を迷ったのはそのせいではなく、和音の思惑に素直に乗るのが気に入らなかったから。自分でもなぜのこのこ来てしまったのかわからなかった。

開演時間をかなり遅れて会場に入った。客席の後ろの端、陰になって見えにくいところに立つ。受付でもらった進行表によると、行人はこのピアノの後らしい。

ピアニストは故人の母親。ひたすら悲しい旋律に気が重くなる。故人を偲《しの》んでいるというよりは、死者の思い出と失った悲しさを忘れまいと必死でしがみついているような不自然さを感じた。死んだ人間をいつまでも鮮明に覚えていることなどできない。楽しかったことも悲しかったことも記憶は薄れていくから人は今を生きられる。

田上自身、両親のことを思い出すと今でも憎しみや悲しさが込み上げてくる。しかしその感情はもうリアルではない。遠い過去のこと。

母親が愛《いと》しい娘を想う気持ちと、自分を捨てた憎い親への気持ちを一緒にはできないが、忘却の流れに逆らうのは痛々しかった。しかし、そんなしがみつきたい思い出があることが、羨ましくもある。

行人にそんな音を聴かされたら……。想像した途端に逃げ出したくなった。

しかし、響いてきたフルートの音は、まるで日だまりのようだった。明るい日差しの中で楽しげに語らっているように聞こえた。もうすっかり彼女の死を昇華してしまっているのか。それとも……行人の中でまだ彼女は生きているのか。

来なければよかった。苦い想いが胸に湧き起こる。それでも途中で出るわけにはいかず、終わって出て行こうとしたら、行人と目が合ってしまった。行人は驚いた顔をして、それか

ら嬉しそうに微笑んだ。

「すみません、もう一曲いいですか？　どうしても聴いてほしくて」

壇上から行人は言ってフルートをかまえる。聴かないで帰るつもりだったのに、出口の前で足が止まった。

行人の吹き込んだ息が、空気を優しく震わせる。ただそれだけのこと。なのになぜ心が震えるのか。音楽なんて自分にはわからない。わからないと思いたいのに、どうして情熱的にかき口説かれているような気分になるのか。

まるで、愛を囁かれているかのように……胸が熱くなった。

勘違いに決まっている。自分に都合のいい解釈をしようとしているだけ。

ワッと拍手が湧いて我に返った。舞台を振り返ることなく足早に会場を後にする。

行かなければよかった。聴かなければよかった。もっと欲しくなった。望みがあるような気がしてしまった。

いっそ、ぶつかってみるか？　行人ならあるいは……と思うが、それが行人のためにならないのはわかりきっている。長続きもしないだろう。いずれは失う。

なんでもない相手なら平然と組み敷けるし、口説ける。すぐに手を引くことも捨てることもできる。なにも怖くない。我ながら最低で、和音の言葉は的を射ていた。

最低の人間は、大事な人に大事だなんて言ってはいけない、言う権利もない。

行人の手を離せばきっと後悔するだろう。でも、このままそばにいたらいつか行人を傷つける。今が潮時。引き際を見誤ってはいけない。

騙さずに離れる方法なんて、本当は最初からいくらだってあった。

ただ、そばにいたかったのだ。行人が強く握りしめてくれた手を離したくなかった。

行人が手を離すまでそばにいればいい。でも、その時をじっと待つ強さが田上にはなかった。

○○○

「あんな男のどこがいいの?」

演奏を終えて楽屋に戻ると、和音にいきなりそう問われた。

「ごめんね、予定にない曲入れちゃって」

「それはいいの。とてもいい曲だったもの。父も母も絶賛してたわ。でも、あれってあの人に向かって吹いたんでしょ?」

和音が言う「あんな男」「あの人」が田上のことだというのは、その忌み嫌うような表情からわかった。少し前に、田上は詐欺師なのだと言ってきた時と同じ顔だった。

「うん、よくわかったね。……どこがいいかなんて、もう僕にもよくわからないけど、僕が手を離しちゃいけないって思う人は新太だけなんだ」

なんだか惚気《のろけ》のようだと思う。田上が最低の男でも、行人はいつも自慢したい。

「なにそれ。やっぱり行人さんは騙されてるのよ。あの男は本当に最低なんだから。あの男は私に——」

和音はそこでハッとしたように口を閉ざした。

「新太に会ったの？　まさか新太になにか言った？」

自然に表情が険しくなり、問いかけは詰問のようになってしまった。

「行人さんに近づかないでって言ったわ。離れてやってもいいけど、その代わりにって……あ、あの人は私にキスしたのよ！」

「キス？　新太が、きみに？」

ありえない。嘘だと思った。田上はゲイだ、女にキスなんてするはずがない。

「なんでもいい節操なしなのよ。私はイヤだって言ったのに……」

「本当に？」

どうしても信じられなかった。そしてなぜか胸がむかついた。嘘をつく和音に対してではない。和音にキスする田上を想像して、嫌だと思った。離れてやってもいいなんて……、しかしそれは田上がいかにも言いそうなことだった。

自分にしたように、和音にも遠ざけるためにキスをしたというのは、考えられないことではない。でも、同じなのか？　自分と、初対面の和音と……。

頭の中が混乱して、苛立ちばかりが募っていく。

「行人さんはどうしてあんな男を信じるの？　昔のことといっても、詐欺師だったのは本当のことよ。行人さんはあの男に洗脳されてるんだわ」

「それでもいいんだ。それでも、ずっと一緒にやっていきたいんだ」

「……行人さんにとって大事なのは、あの人？　それとも会社？」

和音がなぜか急に神妙な顔になって訊いてくる。

「僕にとって、それはイコールなんだけど」

「なんだか……不覚にも少し、気の毒になっちゃった。キスは嘘よ。未遂だったわ。でも、押し倒されたのは本当。最低な男なのも本当よ」

和音はあっさりネタばらしをしてくれた。

「そう。まあ、そうだね。いい人ではないね」

それは知っている。騙されたし嘘もつかれた。田上のことを最低だという人はきっといっぱいいるだろう。

でもなぜかホッとした。キスが嘘だったからか。押し倒したのは本当らしいが。

「なぜそこで、そんないい顔で笑うの……わけわかんない。行人さんって趣味悪い」

「そうだね」

趣味なんて人それぞれだ。善人しか好きになっちゃいけないわけじゃない。他の人の趣味がよくてよかった。

「もうわかったわ。私もフルートも選んでもらえないんだってことは。あんな演奏聴かされたら諦めるしかないけど、余計に惜しくなっちゃった。引導渡すつもりだったのに……逆効果じゃない、あんなの。……ねえ、お姉ちゃんはあんな演奏、聴いたことがあるの？」

「さあ、どうかな」

どういう演奏だったのか自分ではよくわからないけど、心情的なものでいうなら、聴いたことはないだろう。それが伝わったのか、和音は深々と溜息をついて、もうなにも言わずに出て行った。

フルートは行人の巧く言葉にできない心を伝えてくれる。激しい流れの中を、手を繋いでどこまでも一緒に流れていくイメージ。田上には伝わっただろうか。

でも田上は、フルートなんて空気が穴を抜ける音だ、と思っている男だ。きっとリコーダーの親玉くらいに思っている。それくらい興味がないということだ。

そういえば、音楽を聴く習慣のない田上がなぜここにいたのだろう。呼んだとすれば、和音しかいないが、和音が田上を呼ぶだろうか。

それは明日、会社で訊けばいい。なにかを感じてくれたかも訊いてみよう。感じてくれていなければ、言葉でなんとか伝えるしかない。

そんなことを思って出社したのだが、会社に着くなり思いもしないことを言い渡される。

「俺がいなくても、もうこの会社は大丈夫だ。つまらなくなったから、俺はなにか新しいことを始める。退職金はたんまりともらっていくからな」

青天の霹靂《へきれき》。突然の決別宣言。行人はわけがわからなかった。

伝わらないどころか、正反対の結果を招いた。なにか誤解されたのだろうか？

「な、なんでいきなりそんなこと……僕のフルートは伝わらなかった？」

「フルート？　そんなのは関係ない。単純にこの仕事に飽きたんだ。今度は自分だけの力でなにかをしたくなった。おまえとの約束は果たしたはずだ」

社長にすること、楽しい会社にすること、それは確かに果たされた。が、田上がいなくては楽しくない。

「嫌だ。ダメだ。新太はずっと僕と一緒に……」

思わず手を握れば、思いっきり振り払われた。もう一度摑む勇気が出ないほど傷つく。

「おまえは子供か。いや乙女か？　とにかくおまえの夢は叶っただろう。もうお守りは飽きなんだよ。おまえもなにか違うことを目指してみたらどうだ？　笛吹きがおまえには向いてるよ」

馬鹿にしたような口調。冷たい表情。まるで出会った頃の田上が戻ってきたかのようだ。

「嫌だ。違う。僕は……」

八年間が夢幻のように消えてしまいそうで、勇気を振り絞ってもう一度手を伸ばした。

しかし、すげなく避けられて、目の前が真っ暗になる。どうしていきなりこんなことになるのか、わけがわからない。

「どうしたら……どうしたら、そばにいてくれる？　新太がいなくなるのは絶対に嫌だ」

涙を浮かべて懇願する。泣いて引き留められる男ではないと知っているが、冗談でこんなことを言う男でもなく、そう思ったら自然に込み上げてきた。

田上は一瞬、困惑したように眉を寄せた。しかしその後に浮かべたのは、実に悪辣《あくらつ》な表情だった。

「じゃあ俺の恋人になるか？　それなら仕事以外で一緒にいてやってもいい」

誘うように目を細め、ニヤリと笑う。

「……恋、人？」

「そうだ。俺に抱かれるんだ。できるか？」

問いかけに答える間もなく抱き寄せられ、ソファに押し倒された。貪るような濃厚なキス。

それが首筋から鎖骨へと滑るのを、行人は思考が停止したまま受け入れていた。

されるがままの行人に苛立ったように、田上は行人の尻を掴み、その谷間に指を這《は》わせた。

「ここに俺を受け入れるかと訊いているんだ」

「へっ⁉」

思わぬところを押されて、行人は思わず田上をはね除《の》けた。いきなり変なところを押すから驚いたのだ。反射的な行動で、なにかを感じてのものではなかった。

目を丸くする行人を見て、田上はクスッと笑った。わかっていた、と。達観したような顔で行人の上から退く。

「それでいい。……じゃあな」

田上はあっさり背を向けた。このまま いなくなるつもりなのか⁉　本気で焦った。こんなことくらいで手放せるわけがない。

でも、抱かれるなんてことが自分にできるのか……。

すぐに答えを出せるようなことではなかった。そういうふうに考えたこともなかった。冗談みたいに言われたことはあるけど、好みではないと明言されていたから、本気で考えたことがなかった。これも冗談なのか、本気なのか……？

「待って。せめて新しいビルができるまでは、いてくれ」

「長すぎる」

「じゃ、じゃあ一ヶ月……辞めるって言ってから一ヶ月は慰留する権利がある」

「……わかった。一ヶ月だな」

振り向きもせずに言って、田上は出て行った。

行人はソファに崩れるように座り込んだ。呆然と社長室を見つめる。狭い狭いと思っていたのに、田上の不在が空間をやけに広く感じさせる。こんなんで新しいビルに移ったら……考えただけで寒気がした。そこに田上がいないなんて、ありえない。

なんとか一ヶ月引き延ばしたけど、どうやったら引き留められるだろう。

あんなことをされても田上を手放す気はなかった。ずっと一緒だと、もう決めているのだ。他の人なんて考えられない。

最高の相棒だと思っていたのは自分だけだったのだろうか。田上にとって自分はただの重い荷物でしかなかったのだろうか？

脅すように始めた関係だったのは確かだし、嫌いだ、近づくなと何度言われたかわからない。でも、田上だって仕事は楽しそうだった。生き生きしていた。その顔を見るのが好きだったから、前へ前へと突き進んできた。田上がいたから、安心していた。

いつの間にか騙されたことも忘れて、信じ切っていた。

「今さら……」

置いていかないでほしい。

どうすればいいんだろう。なんとかしなくてはならないのに、田上以外には相談する人もいなくて、頭を抱える。

——恋人？　本当に恋人になったらそばにいてくれるのか？

でも、自分は田上の好みではないはずだ。追い払うための方便だったのだろうか。それとも、恋人になれば本当に……。ぐるぐると思考は回るばかりで出口が見つからない。仕事なんて手につかない。

「社長……社長！　起きてます？　社長ー!?」

ハッと顔を上げれば、社員が目の前で不審な顔をしていた。

「あ、なに？」

「これ、はんこもらえます？」

「え、それは新太が……」

「副社長が、社長にと仰ったんですが。二人ともおかしいですね。なにかありました？」

「あ、いや。新太はなにも言ってなかった？」

「なにも、というと？」

「いや、言ってないならいいんだ。僕、ちょっと出てくるから」

「え、社長、決済！」

「それはやっぱり新太に頼んで。僕は行ってくる。会社の一大事なんだ！」

絶対に辞めさせない。摑んだ手は離さない。絶対に、なんとしてでも。

唯一相談できる相手を思い出し、仕事中だとわかっていたが呼び出した。

「新太が会社を辞めるって言うんだけど、引き留めるにはどうしたらいいかな？」

単刀直入に訊いてみる。回りくどいのは苦手なのだ。恥とか外聞とか、そういうのはわりとどうでもいい。

「は？　新太って、田上のことですよね？　辞める？　本当に？　でも、それを俺に訊かれても……」

阿万崎郁己は困惑しきった顔で言った。非常に迷惑そうだ。しかし、他に田上のことを訊《たず》ねられる人などいない。

郁己の会社に電話すれば、建築中のビルの施主からというのですぐに取り次いでもらえた。話があると言えば、伺いますと言われたが、仕事の話ではないのでと断って、郁己の会社の近くにある喫茶店まで来た。仕事の話でないのなら後にしろと言いたい気配は伝わってきたが、今の行人にとってはビル建設以上の大問題だった。

「だってきみは、新太に押し倒されたんだろう？　新太がそんなことするのも、こんなに長く気にかけてるのも、きっときみだけだ」

たぶん和音を押し倒したのとはまったく種類が違う。田上は郁己と会う時はとても浮き浮きしていた。指輪まで手作りして……。

絶対、田上は郁己のことが好きだったのだ。そういう確信があった。

「な、なんであなたがそんなことを——。あれは、田上にとっても若気の至りっていうか、俺としても思い出したくないっていうか……」

その険しい表情から、田上への特別な好意がないことは窺えた。ホッとしたが、それでも田上が郁己を気に入っていることに変わりはない。邪険にされても好きなのだろう。

「きみが好みのタイプなら、僕は違うよね……。似てるって言われたこともあるんだけど、好みじゃないってはっきり言われたし。僕はどうしたら新太に好かれるだろう……」

色白で細身というところは似ているかもしれないが、郁己は攻撃的で挑戦的、瞳にすごく力がある。鳶の家に生まれ育ったせいか、少し粗雑で骨太な感じもした。

行人が田上に言われる、世間知らずのお坊ちゃん、能天気、思いつきで動く、ふわふわしている……などの言葉は、どれも郁己には当てはまらない。

「あの、えーと、会社に、残ってほしいんですよね?」

郁己は怪訝な顔で訊く。

「うん」

「押し倒されたいわけじゃないんですよね?」

郁己の念押しに行人は考え込んでしまった。

「うーん……どっちかっていうと、押し倒したい？　かなぁ？　うーん……」

押し倒されるよりは押し倒す方が好みだ。しかし田上を押し倒すことはもちろん考えたことがない。どんな顔をするか、見てみたい気もする。

「……マジ？　あの田上を？　すげー。俺には考えもつかねえよ。社長さんって見かけによらぬ豪傑……？」

感心したように見つめられる。郁已は少し落ち着いたのか、コーヒーに手を伸ばした。

「僕はそういうのはどうでもいいんだ。ただずっと新太と一緒にいたいだけ」

「じゃあ訊きますけど、会社にいてくれたら、田上に他にステディーな相手がいてもかまわない？　それとも、会社は辞めても私的に自分のそばにいてくれたらそれでいい？」

「え……。う、うーん……。うーん……」

今まではずっと会社にいてくれたらそれでよかった。なのに、田上の恋人になるという選択肢が割り込んでくると、それも欲しい気がしている。田上がプライベートでもそばにいてくれるなんて、なんて素晴らしいんだろう。その座を他の誰かにはあげたくない。

「全部、欲しいかも」

呟くと、郁已はギョッとした顔になり、なんだか哀《あわ》れそうにこちらを見た。

「世の中には本当、いろんな人がいるなあ……。理解不能な奴は俺のそばにもいるけど。恋って怖い」

郁己は深々と溜息をついた。

「恋？　ああ、そっか……」

なんだかすごく腑に落ちた。これは恋か。それなら、自分はずっと田上に恋していたのだろう。肉欲が伴わなかっただけで、もうずっと……。

「気づいてなかった……んですか？」

「うん、そうだね。八年くらい気づかなかったみたいだね」

にっこり笑えば、郁己はどこか引き攣った笑みを浮かべた。一目惚れだったのなら、出会って八年。我ながら鈍い。でも、感情に名前がなかっただけで、直感はいつも正確に働いていた。

「はは……やっぱ、すげー人ですね。うん、でなきゃ田上がおとなしく下についてるわけないか……」

妙に納得したように頷《うなず》かれて、脅して無理矢理つかせたのだと説明するのはやめた。

こっちは恋でも田上は違う。それを郁己に言うのはなんだか嫌だった。

「きみこそ、田上に指輪を手作りさせちゃうんだから、すごいよ」

「あ、やっぱり手作りだったんだ……。でも、あれは嫌がらせのために作ったんですよ？むしろ嫌がらせのためだったから作ったのかも」

郁己は田上のことを話す時、眉間《みけん》にしわが寄る。思い出すと自然に寄るらしい。それを見ているると、田上が意地悪をしたくなる気持ちが少しわかる気がした。意地っ張りなのに、内心が顔に出る。それが楽しくて、なんだか可愛い。

「それでも新太は、誰にでもそんな面倒なことはしない。きみはやっぱり特別なんだよ」

言ってて悲しくなってきた。嫌われているから田上は嫌がらせにしているだけで、少しでも望みがあれば、違うアプローチにしたのかもしれない。

「まあ、過去のことを悪かったとは思ってるみたいですね、わかりにくいけど。……田上はあなたをかなり気に入ってますよ。新太なんて呼び方を許している時点で、ものすごく特別です」

「まあ、許してもらったわけじゃないんだけど……」

新太と呼ぶな、とは大学の頃から今に至るまで言われ続けている。もちろん社外では呼ばないし、社内でも本当はその呼び方が相応しくないことくらいわかっている。それでも呼び続けているのは、仲がいいのだと主張したいからだったのかもしれない。

「じゃあもうその調子で押し続ければいいですよ。嫌なら無理にでもやめさせる奴だし、返事もしませんよ。相手に押されないと受け入れられないっていう気持ちは、俺も最近わかるっていうか……」

困惑したような顔を見て、少し不安になる。

「押されてるの？　まさか新太に？」

「いやいや、それはないです。田上には今、大事な人がいますよ。でも、大事な人に大事だとは言えない奴だから……。あいつに幸せになってほしいなんて思わないけど、あなたがいいのなら……とにかく押しまくることをお勧めします」

郁己がにっこり笑って伝票を摑んだので、慌てて取り戻そうとした。

「これは接待ですよ。プライベートなら、田上なんて不幸のどん底に突き落としてやりたい奴ですから」

郁己の眉間にまたしわが寄った。田上アレルギーなのかもしれない。

「あ、ありがとう」

慌てて礼を言えば、郁己は少しなにか残念そうな顔をした。

「もったいない……。破《わ》れ鍋に、綴《と》じ蓋《ぶた》がよすぎる」

郁己は謎の言葉を残して去っていった。

とにかく押すより他にないらしい。田上の大事な人が自分だという確信はまったく持てなかったが、やるしかない。

迷いを捨てれば楽しくなってきた。本当に田上がそれを望んでいるのかわからないけど、やれることは全部やってみる。

どうせこの引力には逆らえないのだ。正体もわからぬまま惹《ひ》かれ続けて八年。田上に心の底から笑ってほしいという気持ちがどこからやってくるのか、やっとわかった。できれば自分が笑わせたいし、いつも隣にいたい。

あると気づかなかった透明の壁がなくなって、想いは一直線に流れ出した。この流れを止めることはもう誰にも、行人自身にもできない。

仕事をしながら、田上の姿を目で追う。

引き留める、引き留める、引き留める……そればかりを考え、方法を煮詰めていた。

田上がいなくなるなんて考えられない。絶対に阻止する。お坊ちゃんのわがままだと言われるのなんて今さらだ。

田上だって言うほど自分のことを嫌ってはいない……はずだ。郁己だって押せと言ってくれた。

恋人になれば、と言ったのが、行人を遠ざけるための方便だったとしても、それを利用させてもらう。会社を辞めさせない方法はおいおい考える。とにかくひとつずつ。

これでも自分らしくもなく躊躇したのだ。足を踏み出すのが怖いなんて、今までほとんど感じたことがなかった。うまくいかなければそれはそれ、失敗を恐れる気持ちは薄かった。失いたくないと執着する気持ちが薄かったのだ。

でも、失敗したら田上を失うと思うとなかなか足を踏み出せなかった。これに関してはきっと、そんなに何度もチャンスはない。失敗はできない。

しかし、田上が引き継ぎを始めてしまい、躊躇していられなくなった。社員達も動揺し、社内はそわそわしている。

みんなに引き留めないとダメだと怒られた。喧嘩したなら仲直りしろ、なんでもいいから謝れ、と社長の威厳などどこにもない。そんなのは必要ないからいいのだが、全部自分のせいにされるのは理不尽だった。

田上の姿をじーっと見つめていると、睨まれた。冷たい目。大事だと思われているとは、まったく思えない。恋人なんて本気にしたのか、と平然と言われそうだ。

「新太、そろそろ新店舗の候補地、見に行く時間だろ？」

時計を見て立ち上がる。うだうだしていてもしょうがない。気持ちを止められないなら、怖くても踏み出すしかない。社員とか会社とかより、まずは自分のために。

「ああ、それなら今日は佐々木《ささき》が……」

「ダメだよ。あの客はおまえが連れてきたんだから、おまえが来い」

「じゃあ三人で行くか。引き継ぎを……」

「ダメ。佐々木には他にやってもらうことがある」

佐々木には前もって仕事を言い渡してあった。田上に来いと言われても、行けないと言うように言ったら、いろいろと田上に引き継がされている彼は、「社長、頑張ってきてくださいね」と、切実な顔で言った。二人きりの道中で説得するつもりなのだと思ったようだ。間違いではない。

田上がその思惑に気づかぬわけもなく、行人を見て深々と溜息をついた。それでも車は出す。

今日の客は、海辺でカフェを開きたいという四十代の脱サラ男性。夢の実現に目を輝かせながらも、不安は拭《ぬぐ》いきれない。以前、商工会主催の講演会で、田上がビオトープレストランの失敗と再生について話したのが印象的だったから、とうちに開業の相談にやってきた。長年の夢だったんです、などと言われると、行人は無料ででも手伝いたくなる。それこそが行人のやりたかったことだから、一緒に目を輝かせてしまう。

だから、「金をもらわないなら、それはおまえの道楽だ。勝手にやれ。会社は客を逃すことになるがな」と、冷静に諫《いさ》めてくれる田上は、自分にも会社にも絶対に必要な存在だ。

高速道路を下りて街中を抜けると、きらきらと光を受けた海が見えた。晴天のシーサイドロードは気持ちよく、行人は思わず窓を開けた。十月の風は少しひんやりしているが心地いい。社内のモヤモヤした空気を爽やかに流してくれる。

行きはほとんど会話がなかった。田上は終始無言で運転し、行人は助手席でいろんなことを考えていた。

田上と出会っていなければ、自分はどんな人生を歩んでいただろう。きっと就職して、何年かして辞めて、なにかを始めただろうとは思うが、はたして巧くいったか……。誰か別のパートナーを得たかもしれないが、まるで想像できなかった。なにせ人に執着するということが、二十八年生きてきてほとんどなかったから、他というのが思い浮かばない。

まあ、考えても意味のないことだ。自分の人生はこの道だけ。田上と出会って共に歩んできた、これ以上の道はない。

海を見下ろす国道沿いの空き地に車を停めた。ここはクライアント本人が見つけてきた場所だ。

客と不動産屋と会うので、今日は行人もスーツを着ていた。明るめのグレーのスーツに水色のシャツ。斜めストライプのネクタイ。

田上はいつもだいたい暗い色のスーツを着ている。今日は黒に近いグレー。シャツは白、ネクタイはボルドー。

海には秋の夕方だというのに数人のサーファーがいた。クライアントはそちらを見つめながら、是非ここでやりたい、と熱心に語る。確かにいい場所だが価格が高すぎた。

田上は不動産屋に値下げ交渉をする。重箱の隅を突《つつ》くように土地の欠点を上げつらい、売れ残ってる事実を突き、この先これより条件のいい買い手が現れる可能性の低さを流れるように説明した。最初は余裕の笑顔だった不動産屋も、徐々に汗だくになり、うんうん唸《うな》りながら電卓を叩き、地主に電話をかけてすりあわせをしていく。しつこくしつこく粘って、なんとか予算内まで持っていった。

「田上さん、ありがとうございました。私ではあそこまではとても……」

大概の人間にはできないだろう。さすが元詐欺師という話術を駆使し、時折脅しかと思うような笑みを浮かべ、不動産屋は最後には泣きそうな顔をしていた。

「これもコンサルティング料金に含まれていますから。憎まれ役は得意とするところです。きめ細かな相談役であれば、こちらの中垣にお任せを」

田上はにっこり笑って言った。営業スマイルもなかなか板に付いてきたように見える。

これからもよろしくお願いします、と言うクライアントに、田上は辞めることを言わなかった。

「あのさ……」

帰り道。行人は口を開いた。夕暮れの海が運転席側に見える。田上の横顔と大自然がミスマッチで、似合わないなあと思いながらも目が離せない。

こういうシチュエーションで田上を見るのは初めてだ。まだまだ自分の知らない田上はいっぱいいるはずで、それを全部見たいと思う。欲は次から次に湧いてくる。

「なんだ」

続きを言わない行人を不審に思ったのか、田上がチラッとこちらを向いた。それだけで嬉しくなる。

「飯、食おう。この先に美味《おい》しくて人気のパスタ屋があるんだって。事務の子が言ってた。店のリサーチも兼ねてさ」

「近くなったら言え」

付き合ってくれるらしい。最後だから……と思っていそうで切ない。でも、絶対最後にはさせない。

店はこぢんまりとしていて、危うく見過ごすところだった。そしてここもスーツ姿のいい歳《とし》をした男二人では、少々浮いてしまうような店だった。

「初めて二人で行った店も、ちょっと場違いな感じだったよな」

行人は思い出して言う。まだ大学生だった。あの時はこんなに長い付き合いになるとは思っていなかったけど、二人でいることに違和感はなかった。

「おまえだけならどこに行っても馴染むがな」

「そう?」

「ああ。おまえはどこでもやっていける。必ず誰かが助けてくれる。金にも人にも困らない星の下に生まれてるんだろ」

「誰か、ね……」

ここで話を切り出したかったのだが、人が多くて落ち着かなかった。食べると早々に店を出る。太陽はすでに落ち、真っ暗な海は月明かりでチラチラと波頭が光っていた。

「あのさ……ホテル行かない？」

行人が言うと、珍しく田上が運転を誤りそうになるほどの動揺を見せた。

「は⁉　おま……なんだ、それもなんか視察か？　評判のホテルかなにかか？」

なんとか落ち着こうとするのが見て取れる。

「違う。恋人になろうって言ってんの。なってくれるんだろ？」

はっきりと言えば、田上は目を丸くして、それから無表情になった。なにも言わず、海沿いの広いパーキングを見つけて車を停める。

「本気で言ってるのか？」

「本気だよ」

「そうまでして引き留めたいか。不安はあるかもしれないが、おまえと他の役員で、あの会社は充分やっていける。俺が保証する」

田上はあくまでも会社に必要だから言っているのだと思っているようだ。

「会社は……この際いいよ。僕は、好きなものには金を惜しむなって祖父ちゃんに言われて、その通りにしてきた。一番お金をかけたのはあのビルだけど、その次は新太だと思うんだよね。ビルにしたって新太と二人で建てる新居みたいな気分だった気がする。そこに新太がいないんじゃ意味がない」

そのビルを田上の昔の想い人に建ててもらうことになったから、複雑な気分だったのかもしれない。郁己にやきもきしていたのが嫉妬《しっと》だったのだと今になってわかる。

「なにを言ってるんだ……。俺に投資した金の元はもう取っただろう」

田上は前を向いたまま、困惑したような声を出した。

「そんなことを言ってるんじゃないよ。つまり僕の人生で一番価値があるのは新太だってこと。僕が、新太のためならお金なんて惜しくないって言っても、想いは全然伝わらない気がするけど……、そばにいてくれるなら、本当になにも惜しくないんだ」

「おまえは失うことの恐ろしさを知らないからそんなことが言えるんだ……」

「それはそうかもしれない。でも、初めて怖いと思ったよ。新太がいなくなるって思ったら、本当に怖かった。ゾッとした。失いたくないから、僕は今すごく必死だ」

「だからなんでおまえが、俺なんかに必死になるんだ……」

困惑、溜息、その繰り返し。田上はまったく助手席の方を見ない。

「だって、新太は他にいないじゃないか。僕は新太がいいんだ」

助手席から身を乗り出して田上の顔を覗き込む。しかし田上はガードするようにハンドルに片手をのせていて、眉間のしわしか見えない。

「俺に騙されたのを忘れたのか?」

「覚えてるよ。それ以外にも新太が悪いことしてたって知ってる。でも……騙されたって新太がいいんだから、たいがいだと思わない？」

田上の躊躇をひとつずつ潰《つぶ》していく。こっちを向けと願いながら。

「俺に……男に抱かれるんだぞ？」

「うん。自分が抱かれるってピンと来なかったけど、新太の恋人になれるんだって思ったら、すごくドキドキして幸せな気分になった。うまくやれるか自信はないけど、とにかくやってみようよ。新太とならできる気がする」

男同士でどういうことをするのか、詳しく知っているわけではない。でもなんとなくできる気がした。田上の手を握っていれば、どこにでも行ける気がする。洗脳と言われればそうかもしれないと思うほど、躊躇がない。

「やってみようって……おまえ自分がなに言ってるのかわかってるのか？　俺は……やっぱりダメだなんて言われてもやめてやれないぞ。手荒なことをしてしまうかもしれない」

「いいよ」

「今だけじゃない。結婚だって子供だってできないぞ？　今だけのつもりならやめておけ。俺はその時におまえを手放してやれる気がしない。自分がなにをするかわからない」

「いいね、それ。すごくいい。新太が僕を独り占めしたいって言ってくれるの、すごく嬉しい」

素直にそう思った。結婚して子供を作って、そういう家庭を持つのだと漠然と思ってはいたけれど、それは夢ですらない社会通念のようなものだった。田上が手に入るなら未練はない。不思議なほど心は揺るがない。いつの間にかそういう覚悟を決めていたようだ。

「おまえは馬鹿か……」

「馬鹿でいいよ。人生の大きな川の中で、僕が握っていたいのは新太の手だ。どうしても手放したくないのは、会社じゃなくて新太だよ。新太と一緒じゃなきゃ、僕が楽しくない」

命尽きる時に摑んでいたいもの、それを間違えるなと祖父は言っていた。間違えていない自信がある。

ハンドルの上に置かれた田上の手を握った。ぎゅっと、強く。

田上の手がビクッとして、それから体中の空気を全部吐き出すような、深い溜息をついた。

「おまえは……俺の想像を超える大馬鹿だったな」

「うん。僕のものになってよ、新太」

思えば人生での初告白かもしれない。ずっと綾乃と結婚するものだと思っていたし、それ以降も彼女はみんな告白されて付き合った。自分から誰かが欲しいと切実に思ったのは初めてだし、なくしたくないと思ったのも、なくすのが怖いと思ったのも田上が初めてだ。

「おまえが俺のものになるなら、もらってやるよ」

「ん、それはどっちでもいいや」

にっこり笑ったら、田上はまた溜息をついた。そして顔を上げてこちらを見ると、フッと笑った。

その表情にドキッとして、感激を口にしようとしたら、田上の唇に唇を塞《ふさ》がれた。もっと見ていたかったのに……という思いすらも、田上の舌に搦《から》め捕《と》られる。

これが初めてのキスだと思うほど、今までのキスとは次元が違っていた。心情的に。

田上の熱が伝わってきて、想いが流れ込んできて満たされる。フルートの空気の震えより直接的で濃厚で体の芯が熱くなる。

「ヤバイ……新太を押し倒したくなってきた」

長いキスの後、上がった息でそう告げれば、間近にあった顔が呆れたように笑った。

「そこは俺に譲れ」

田上の笑顔はいいな、と思いながら少し心配になった。

「僕は趣味じゃないんだろ？　本当に抱けるの？」

「抱きたくて気が狂いそうだった」

再び口づけられ、その手がするりとタイを解《ほど》いた。キスは耳元から首筋へと下りていく。

「それなら、早く言えばよかったんだ。なんで嫌いとか近づくなとか言うかな……」

田上の素直じゃない性格は知っているが、欲しい素振りくらい見せてくれないと……いや、はっきり言ってくれないとわからない。深読みとかは得意ではない。

「おまえにはわからないだろうな。俺の繊細でひねくれた心の機微は」

田上は冗談めかして言った。悔しいが、その通りだ。

「そうだよ、わからないから言ってよ。僕のことが好き？」

言わせたくて、下からその目を覗き込む。田上は眉を寄せて目を逸らした。

「おまえな……その覗き込む癖、やめろ。本当に馬鹿だよ。俺なんかに引っかかって」

田上は素直じゃない上に意地っ張りで、実は臆病だ。それを見せまいと自信満々なふうに振る舞って、実際有能だから嫌味な態度に見える。だけどいつもなにかを諦めたようなところがあった。

「僕は引っかかったんじゃないよ。選んだんだ。たぶん最初から選んでた。新太はなんか、放っとけなくて……引っかかったのはどちらかというと、新太かもしれないよ？」

行人から田上の首に手を回し、引き寄せてキスをした。

田上はその手に金以外のものを持とうとしなかった。どんな流れの中でも独りで、大事なものを持たなければ失いもしない。そう思っているようだった。それなら、こちらから強引に握って、どんな時も離さない覚悟を見せ続けるしかない。

「おまえは趣味が悪い。施しの精神に溢《あふ》れすぎてるんだな。金持ちで世間知らずで、夢見がちで図太くて……。本当、嫌いなタイプなんだよ……」

どちらからともなく何度もキスを重ねた。徐々に車内の湿度が上がっていく。

「新太は素直じゃないから、自分の心まで騙してる気がするよ。本当は好きなんだよ、こういうタイプが」

田上の首筋からうなじへと手を滑らせ、じっと視線を合わせる。こちらから洗脳してやる。行人の視線を受けて田上はニヤッと笑った。このたちの悪い笑みなら見慣れている。

「思い出した。俺はおまえを泣かせたかったんだ。……少し自分に素直になるか」

田上は身を乗り出し、レバーを引いて助手席のシートを倒した。驚く行人の上に覆い被《かぶ》さり、服の下へと手を入れて肌をまさぐる。

「う、わ……なんか……なんか……」

男に覆い被さられたのも、官能的に体を触られるのも初めてだ。自分の肌の上を滑る手が、田上のものだとにわかに信じられない。間近に目を見交わし、確かに相手を確認して唇を合わせる。

田上だと認めると、体がどんどん熱くなっていく。与えられる刺激を素直に受け入れる。

「気持ち悪い?」

わかっているくせに田上は訊く。

「すごく……気持ちいい」

素直に答えれば、田上は眉を顰めた。

「本当、おまえは……」

溜息をついて、口づけられる。指先が胸を撫《な》で、男が感じるはずもない部分をこじられて息を呑んだ。立ち上がった粒を撫でられれば、体がビクッと反応する。

「ヤ、バイ……」

肌を合わせること自体に、それほど重きを置いたことがなかった。切実にしたいと思ったこともない。もちろん彼女とやっている時は気持ちよかったけど、どちらかというと女性を喜ばせる行為だと思っていた。

自分が女性役だから違うのか。いや、これはやはり相手の問題だろう。田上を抱くのであっても、かなり気持ちいいはずだ。

「新太……」

肌を重ねることが、心をも重ねることになるのだと知らなかった。体を繋げれば、心も繋がるのか。そのための行為なのだと思わずにしていたのが、申し訳ない。

田上の手は男のツボを心得ていた。心得すぎていて腹立たしい。しかし行人には文句を言う余裕もなかった。

「ん……んっ……あ……」

ズボンの上から股間《こかん》を撫でられ、気持ちよくて腰が揺れる。上から下から形をなぞるように指が動く。羞恥心《しゅうちしん》を快感があっさり上回り、もっと強くしてほしいとその手に股間を擦《こす》りつけていた。

「行人……」

低い微《かす》かな声に、異常に感じてしまう。空気がほんの少し震えただけだが、その威力は甚大だった。

「新太、新……あ、もっと……」

触ってほしいし、田上に自分の名を呼んでほしい。

行人が田上の髪に手をかけると、その体がするりと離れていった。急に懐がスカスカして、思わず引き留めるように田上の腕を摑んだ。

「さすがにここでこれ以上はな。ホテルに行くか」

そう言ってエンジンをかけた田上を信じられない思いで見つめる。こんな半端なところで投げ出されては収まりがつかない。

仕立てのいいスーツはだらしなく緩められ、股間は張り詰めていた。

「イヤだ、ダメだ……我慢できない」

ホテルなんてどこにあるのか。この状態でどこまで我慢しろというのか。

「お坊ちゃんは堪《こら》え性がないな。ちょっとだから我慢しろよ？」

ねだる行人を宥《なだ》めて田上は車を走らせる。その余裕が憎らしい。田上としては軽い意地悪のつもりなのだろうが、行人は堪《たま》らない。冗談じゃない。

「無理」

もじもじ腰を揺らすだけで感じてしまう。自分で服の上から触ると、もうダメだった。

堪え性がないのはお坊ちゃんだからじゃない。火をつけた田上が悪い。慣れているからわからないのだ、自分の手がどんなにイヤらしくて巧みなのか……。途中でなんて止まらない。放置プレイなんて行人には無理だった。

ファスナーを下ろして中に手を入れた。自分の手でも、自分の手ではないように錯覚できる。さっきの続きだと思い込む。

「おいっ、俺の隣で、ひとりでイく気か⁉」

田上はギョッとした顔で非難するような声を上げた。しかし責められるいわれはない。

「新太が悪いんだろ！」

潤んだ目で睨みつける。助手席で丸くなって、田上に背を向けて自分を握る。

「ん……んっ」

さすがに声は恥ずかしくて殺すが、手はじわじわと止まらない。窓の外は真っ暗で、ホテルなんて現れそうにもなかった。

「あー、クソッ」

田上は極まったように吐き捨てると、人気《ひとけ》のない脇道に入って車を停めた。

「俺の負けだ。……ひとりでイくな」

行人を自分の方に向かせてキスを仕掛ける。そのまま覆い被さっていき、背もたれをさっきより深く倒して、口づけも深くした。行人は田上を抱きしめ、喜んで応える。

体が昂《たか》ぶれば、口の中も敏感になって、舌が交わっただけで鳥肌が立った。行人の手の中で完全に立ち上がったものを、田上の手が奪い取る。

扱《しご》かれれば一気に高まった。やはり自分の手とは快感の次元が違う。

「ん……あ、あっ……新太……」

行人は手を伸ばし、手探りで田上のものに触れた。熱く張り詰めていてホッとする。ファスナーを下ろしてそれを取り出し、握ることに躊躇はなかった。男のものなんて握るのは初めてだが、直《じか》に触れるとその生々しさにゾクッとした。

「本当おまえは……俺の予想の斜め上を行く」

「新太の、予想が……ダメなんだよ」

田上は冷静に先を読み、計算して進む男だが、いつもどこか悲観的で慎重だ。それは会社にとっては必要なファクターだが、自分に対しては必要ない。もっと奔放で楽観的でいい。

「そうだな、おまえに関しては……俺は全然ダメだ。だから期待なんて、してしまう」

間近に苦笑いを見て嬉しくなった。

「いい、よ……してよ」

なんでも与えたい。今までが失ってばかりだったなら、これからは与えられるばかりの人生でいいはずだ。

密着して互いを昂ぶらせ合う。濡れた音が車内に響き、無機的な空間が淫猥《いんわい》で湿った空気に満たされていく。

「んっ、あ、もう……いき、そ……」

田上の胸に頭をつけると、首に田上の腕が巻き付き、顎を持ち上げられる。

「いいぞ、とりあえずイけよ……」

間近に囁かれ、途端にブルッと体が震えた。

「ん……んっ」

田上の手に出すのはひどく背徳的で、申し訳なくも気持ちいい。目を閉じたまま、ぐずぐずとその手に腰を擦りつければ、田上の指が後ろへと滑った。しかし中には入れない。

「狭くて悩ましいな……クソッ、入れてえ……」

入れられたいかどうかは別として、狭くて悩ましいのは行人も同じだった。一応高級車の類《たぐい》だが、男二人がまぐわうにはさすがに狭い。

出したのにちっとも熱は冷めなくて、自分の手の中の、さらに熱くて硬いものを扱き立てる。早くイかせて、早く行きたい。ホテルで心置きなく抱き合いたい。浅ましさを恥じらう余裕もなく手を動かした。

田上は行人に己のものを任せ、行人の胸を弄《いじ》り、体をまさぐり、首筋に舌を這わせる。だから行人の体は少しも落ち着かなかった。ざわざわとさざ波が立ったまま、また高波が押し寄せてきそうになる。

無限ループに陥る前に田上が達し、運転席に戻ってシートにドスッと腰を落とした。荒い息のまま、二人で間抜けに手や股間の汚れを拭き取る。そして車は荒々しく走り出した。

一番近いホテルを検索して一直線。かなりハイグレードなリゾートホテルだったが、シングルかスイートしか空きがないと言われ、田上は迷いなくスイートを選択した。

「今なら……金に糸目はつけない。広いベッドのためならいくらでも出す！」

どんなに儲けても無駄なことには一切金を出さない田上が、惜しげもなく大枚を切った。行人としても、もう狭いのはごめんだった。

身なりは整えていても体は熱くて、受付をしている間もまるで裸で立っているような気分だった。

エレベーターに乗り込むなり抱きしめられ、当然のように口づけを交わす。

スイートの重厚な扉を開けて、現れた廊下に田上は無駄だと悪態をつく。最初の部屋にベッドがないことも気に入らなかったらしい。

「無駄の極致だな。ホテルなんて寝るだけだろう。金持ちの考えることは……」

自分もすでに金持ちの域であろうに、金持ち嫌いは直らないようだ。

続く扉を開けると、待ちに待った広いベッドが現れた。キングサイズの真っ白なベッド。掛けられていたブラウンのカバーを掛け布団と一緒に引き剝《は》がす。

大きな窓の外には、真っ黒な海の向こうに街の明かりが見えた。

「初めてはスイートルームで。ムード満点だな」

田上は行人を抱き寄せ、笑いながら囁いた。気恥ずかしさに耐えられないというように。

「んなの、どうでもいいよ」

車の中で出しておいて、今さらムードもなにもないだろう。

「金持ちはありがたみがない」

「金持ちだからじゃないと思うけど……。僕は新太がいれば、どこでもいいんだよ」

場所なんてどこでもいい。田上と存分に抱き合えるのであれば。

「おまえは天然で殺し文句を吐くな……あんまり俺を挑発するな」

田上は行人の赤みの差した目元を撫で、口づけを落とした。互いの上着を脱ぎ落とし、ベッドへとなだれ込む。

思うさま互いの口内を味わい尽くし、顔を離せば田上の顔がすぐ近くにあって、行人は笑った。

「広いっていいな、新太」

「ああ、まったくだ」

田上も笑う。

それだけで幸せが込み上げてくる。やっと見たかった田上が見られた。

だけどもっと見たい。昔から望めばなんでも与えられ、欲は薄い方だと思っていたが、次から次に込み上げてくる。田上に会ってから、自分はものすごく貪欲《どんよく》になった気がする。

「シャワー、浴びる？」

「今さらだな」

フロントを通るために締め直したネクタイを取り去る。自分でシャツのボタンを外していけば、その様子を田上は上からじっと眺めていた。

「新太も脱げよ」

「ああ。……なかなかエロい光景だったんでな」

ボタンを外すだけでなにがエロいのかと思ったのだが、田上がじっと視線を合わせたまま、ネクタイを抜き取り、襟元《えりもと》をくつろげるのを見て、確かに……と思った。

でも、エロさの種類は違う気がする。田上の場合は普段の排他的で無機的な感じから、急に動物的になって、はだけた胸元から色気がにじみ出してくる。刺すような鋭い視線すらも心地よく、自分の内からなにかがじわりと込み上げる。

「おまえの方がエロいよ……」

シャツを脱ぐと田上はセクシーだった。いつもの田上とは別人のように感じて、手を出すことを一瞬躊躇する。

「それは光栄。……行人、もう逃げられないぞ」

田上は笑いながら念を押すように言った。その鋭い眼差しの中に一瞬不安がよぎったのを見て取り、行人は思わず笑ってしまった。これは間違いなく田上だ。臆病なろくでなし。いとしくて堪らない悪党。

「逃げないよ。僕は逃げたことなんてないだろ？　逃げられないのは新太の方だから」

すぐに捨てていこうとするから油断ならない。本気で逃げられたら、捜すのはきっと大変だろう。

「確かにな」

笑みの形の唇で口づけられ、背中を抱きしめれば意外なほどだたくましかった。安心して、昂揚《こうよう》する。触れるだけでも堪らない。抱き合う喜びに目がくらむ。田上が腕の中にいて、田上に抱きしめられている。確かに求められている。キスをねだればすぐに与えられた。口内での攻防戦は、行人の方が優勢だった。焦ってがっついているだけ、とも言えたが。

唇が離れて田上の顔を見上げれば、見たこともないほど優しい目が自分を見ていて嬉しくなった。たぶん田上は、自分がそんな目をしていると知ったら、自分を抹殺しそうな勢いで嫌悪するだろう。

誰も知らない、本人すら知らない田上を自分は知っている。

田上の冷淡さは、本来の優しくて傷つきやすい自分を隠し護るための鎧《よろい》だ。やってきたことは悪党に違いないが、悪党と呼ぶには可愛すぎると行人は思っていた。

しかし、可愛いなんて言ったらこの場で放り出されかねない。言わない代わりにぎゅっと抱きしめた。

「好きだ……」

代わりの言葉を発する。

田上からの返事はない。期待はしていなかった。しかし、首筋に唇が吸い付いてきたのが、田上なりの返事なのかもしれない。

行人の白い肌に朱が散っていく。田上は自分がつけた痕《あと》を指でなぞり、行人の胸の上、天然で色づいている部分へ到達した。それを指先で撫でる。

「んっ……」

乳首が感じるというのが、どうにも変な感じだった。自分で自分の体に違和感がある。でも、感じるのは間違いない。

そこを口に含まれ、尖った先を舌先で転がされれば、ジンジンと痺《しび》れが広がっていき、まだ触れられてもいない股間が反応する。つい先ほど一度仕事を終えたはずなのに、いつになく働き者でもう頭をもたげようとしていた。

それを田上の手がさらりと撫でる。ズボンの上から触れられただけなのに、悦《よろこ》んで反応を返した。

「元気だ」

クスッと笑われ、悔しくなった。

「自分は違うのかよっ」

触れて確かめようとしたら、腰を引いて避けられる。

「なんで」

不満げに見ても、田上は口元に笑みをたたえたまま。元気な行人の形をなぞり、不意にきつく握りしめた。

「ひゃ……んっ！」

息を呑む。解けかけていた体がキュッと固まった。それを宥めるようにまたゆっくり撫でさすられる。

「あ、遊ぶなよ」

文句を言えば、ククッと田上が喉《のど》を鳴らした。

「やっぱりおまえ……こういうところは真面目、なんだな。マニュアル通りって感じ？」

「こういうとこって……。確かにあんまり創意工夫みたいなことはしなかった、かもしれないけど……てか、男としたことなんてないしっ」

すべて「男が初めて」のせいにする。相手が悦ぶことをしてあげようとはいつも思っていたが、通り一遍のことしかした記憶はない。もしかしたら、ふられるのはそのせいだったのか？　そんなことに思い当たり少しばかり落ち込む。みんな優しくて、つまんない、とは言わないでくれたのだろうか……。

「それでいい。なんでもおまえに押し切られるのはな……おとなしく寝てろ」

田上がニヤニヤ笑いながら、行人の顎のラインを指でなぞった。とても楽しそうだが、この笑みは嫌な笑みだ。いいことは考えていない笑みだ。

顎先から喉仏、胸の間を通って臍《へそ》。口づけが落ちていく。指は胸の突起物を摘《つま》んではこね回し、反対の手は太腿《ふともも》を撫でる。

おとなしく寝てなんかいられない。触られれば体はもぞもぞ動くし、気持ち的にもそわそわする。

「新太……僕も触りたい」

「いいけど？」

そうは言ったものの、田上は胸に顔を落として行人のベルトを外している。触れるのは頭くらいだ。とりあえず黒髪の間に手を入れ、搔《か》き乱す。硬い髪が田上の頑《かたく》なな質《たち》を表しているようで、それすらも愛しかった。

「新、太……あっ……ぁあっ……」

抱きしめても、それだけじゃ足りない。どうすればこの込み上げてくる気持ちを伝えることができるのか。

「行人……」

田上はたった一声で愛しさを伝えてきた。

濡れる。体の芯が……内側から潤っていく。

子供の頃からなにに対しても強い執着をもてなかった。自分はそういう何事にも薄い質なのだろうと思っていた。川の中をゆらゆら漂いながら、なにかを探してゆらゆら揺れて……もしかしたらこのまま終わってしまうのかもしれないと思いながら、危機感さえも薄かった。騙されたから、逃げられたから気づけたのかもしれない。かけがえのない人だと……摑まえてなきゃいけないのだと。

「新太、新太……手、繋いで……ねぇ？」

右手を伸ばせば、田上は一瞬嫌そうな顔をした。しかし指の間を愛撫《あいぶ》するように指を搦めてきて、行人はそれをギュッと摑んだ。

しっかり繋がれた手を見て、行人は思わず、へへっと笑った。嬉しい。やっとだ。

「行人、おまえ……おまえなあ……」

田上はすごく困った顔になって、頭をかきむしる。眉間には深いしわ。視線に鋭さが増し、なにか怒らせたかと心配になる。

「イヤか？」

それでも手は離さずに、顔を覗き込んだ。

「……可愛いとか、言いたくねえんだよっ」

田上はボソッと吐き捨て、ごまかすように行人の股間に手を突っ込んだ。

「え、あ……ちょっと待って」

この幸せな気分をもう少し味わっていたかった。

「待てるかっ、おまえが煽ったんだ」

ズボンを下着ごとずり下ろされ、中心を田上の手に包み込まれた。それだけで自分のものがズクッと大きくなるのがわかった。

田上に触られただけでダメだ。指を動かされると一気に感情が官能方向に動く。

「んっ……ん……」

繋いだ手は行人の頭の上の方に、反対の手が巧みに感じるところをなぞる。普段は冷たい言葉ばかりをのせる唇が熱を伝えてくる。この口や舌がこんなに器用で働き者だとは知らなかった。

「あ……はっ、あ、ん……」

自分の口からこんな声が出るのだということも知らなかった。

気持ちが昂ぶって、繋いだ手に力が入る。田上はその手にまで、指を使って器用に愛撫を施す。体中からゾクゾクッと寒気にも似たものが生まれて、それが呼び水になってさらに感じて収拾がつかない。

「ん、ん、も、触んない、で……もう……」

感じすぎて気持ちよくて、思わず田上の体を押し戻した。

「行人……」

その腕を摑んで引き寄せられ、抱き起こされた。ハッと目を開けると、間近に田上の顔がある。髪が乱れているのは自分のせい。汗ばんだ顔は初めて見た。覗き込むようにされるのも初めてかもしれない。

「俺に、触りたいんだろ？」

囁くように問われ、それだけで腰にきた。田上はエロい。すごくエロくてなんだか悔しい。

これに惑わされて騙された男が何人いるのか……。

窮屈そうなズボンの前に視線を落とし、手を伸ばした。開いて中のものを取り出して握る。手探りで握った時よりも熱くて大きい気がした。

これに騙された男が……。ついつい手に力が入った。しかし田上は余裕の顔で、行人の頭を抱き寄せてキスする。それに応えながら行人は夢中で手を動かした。

これだって、今は僕のもの、ずっと僕のもの——擦りながら所有権を主張する。

「新太……僕のも……一緒に、握りたい」

腰を近づけるが一緒に握るには至らず、潤んだ目でどうにかしたいのだと訴える。

田上はフッと笑って、「ちょっと待ってろ」と立ち上がった。ズボンのポケットからなにかを取り出し、あとは不要とばかりに脱ぎ捨てた。そのきれいに筋肉のついた長い脚を、行人はぼんやり見つめる。

ベッドに戻ってきた田上は、行人の足先にまとわりついていた下着も抜き取って、投げ捨てた。自分の開いた脚の間に行人の腰を引き寄せる。

「これでいいか?」

「う、うん……」

田上の太腿の上に乗り上げるように少し腰が浮き、二本まとめて握ることができた。さっきと違うのは田上が脱いだことだけ。だからさっきだって、もっと強引に腰を寄せれば握れたのだろう。

脱ぎたかっただけか。確かに邪魔だったけど。

男のものが二本……その見慣れぬ光景に冷静さを取り戻しそうになったが、擦りはじめればまたすぐに高まった。ただされるだけとは、また違う気持ちよさだ。

「ん、ん、あ……すごい、新太、ぁ……」

自然に背中が丸くなり、田上の肩に額をくっつける。

腰を支えていた田上の手が、尾てい骨を撫でて尻の間へと滑り込む。襞《ひだ》を撫でられて、行人はビクッと手を止めた。

「続けろよ」

田上は耳を噛むようにして囁く。一度離れた田上の指が次にそこに触れた時、ぬるりと冷たいなにかをまとっていた。

「えっ、あ!?」

「大丈夫。ローションだ」

「そんなの、いつの間に……」

「さっき、コンビニ寄っただろ？　さすがにこういう展開は予想してなかったんで、潤滑油の準備までは……」

「潤滑？　……あ、ああ、そっか……」

男同士はそういうものが必要なのだと初めて知る。元々受け入れる場所ではない。指を入れて広げるのも、準備なのだろうが、これはちょっと……。

「新太、それ、ちょっと……」

「手が休んでるぞ。集中しろ」

「ん……で、でも……ん、んっ、新……あ、ちょっ……」

腰が徐々に逃げを打つ。すると二つ一緒には握れなくなって、腰を引き寄せられてももう意識は後ろの方で……。

「あ、ああっ！」

中で指が変なふうにうねって、思わず目の前の胸に抱きついた。

「ゆき……？」

「なんか……それはイヤだ、新太。それは、変……」

額を擦りつけて首を横に振る。

「しょうがねえな」

笑い混じりに田上は言って、逆の手で行人の背を抱いた。そのままゆっくり体を前傾させ、行人の背がベッドに着地する。後ろから入れられていた手が抜け、やめてくれたのかと行人はホッと力を抜いたが、開いた脚の間からまた入れられた。

「や、ぁ……新太っ……」

腰をくねらせて見上げれば、田上は実に楽しそうに笑っていた。

「逃げられないって言っただろ？　もっと泣けよ」

指が中で動いて、行人はビクッと背をのけぞらせた。一瞬、指先が触れてはいけないところを撫でたような、そんな気がした。

「ん？　このへん？」

「あ、いや、ダメッ！」

田上の体を押し戻そうとしても手が届かない。でも、起き上がることもできない。

「あ、あ、ん、……ンッ！」

ただ喘がされるだけ。不満すら口に乗せる余裕がない。

「いいぜ、行人……最高だ」

乱れる行人を見下ろして、田上は口の端を上げた。舌なめずりをして、行人の中心に唇をつけ、口に含んで吸い上げた。

「あっ、アアァッ！」

急にやってきた思いもせぬ快感に、行人の体はビクビクッと痙攣《けいれん》した。足のつま先がシーツを摑み、体がのけぞる。

「い、や、い、や……あ、ダメ……」

喘ぎ声は譫言《うわごと》のようだった。

田上は容赦なく硬い竿《さお》を唇で愛撫し、舌で撫で回す。もっともっとと追い立てていく。

「新、太……もう、イッちゃうよ……出ちゃ……離してっ」

田上の頭を外そうと髪を摑む。しかし無理に引っ張ることもできず、手のひらで押すばかり。田上の腕はしっかりと太腿に絡んでいて、後ろの穴には指が入れられたまま。どこにも逃げられない。

「ヤ、ぁ……本当に、出ちゃうんだって！　新太っ！」

涙目で必死に訴えるのだが、田上はまるで意に介さず舌を絡みつかせる。もぞもぞと腰が動き、どんどん頭が真っ白になっていく。

「ひ、ぃあぁっ、――んンッ！」

我慢できず田上の口の中に出してしまった。

体が震え、力が抜けていく。一度出したばかりとはいえ、口の中に出すには多すぎる量が出た気がして、罪悪感が込み上げてきた。

「ご、め……」

しかし田上は口を離さない。白濁を出し切ったその先端に舌を這わせ、最後まできれいに舐め取った。

「んっ……！」

敏感なところを舐められて、逃げ出したいのに動けない。

「新太、も、やめ……」

行人は狼狽《ろうばい》して言う。もうなにがなんだかよくわからない。好きとか気持ちいいとか、そういうのを超越して別次元に飛ばされたような気分で、まったくついていけない。

「音をあげるおまえってのは、初めて見たな。おまえの言うことはわりとなんでも聞いてやってきたが、そのお願いばかりは聞いてやれない」

田上は笑っている。色っぽくて熱っぽい田上なんて……すごく嬉しいけど、ちょっと怖かった。まだまだだとその目が言っている。

「な、んで？」

「おまえ、自分がどんな顔してるか、わかってないよな……止められるわけないって」

「どんな顔？」

「たまんない顔だよ。もっと気持ちいいことしてやるから……」

安心させるように微笑んだその顔は、すごく悪い顔だった。善より悪が人を魅了するというのは本当かもしれない。そう思わせるくらい魅力的で、善を信じる心がくじけそうになる。田上が悪党だと知っても好きな気持ちは変わらなかったけど、悪だから好きになったわけではない。どちらかというと、根っこに潜むしかない善良さに惹かれた。

孤独の中で培《つちか》われた、田上の中の弱さや臆病さ、ひねくれた正義や優しさ、そして生きる強さ。完璧に見せかけた男の中は、あまりにも欠けているものが多かった。

それを埋めたい、満たしたいと思ったし、田上の生きる力が欲しかった。自分に欠けているものを田上は持っていた。

与えたい欲求なんて、田上ならきっと金持ちの施し精神と言うに違いないけど、もらうより、あげる方が気持ちいいのだからしょうがない。

中で指が蠢《うごめ》いて、まだ与えるものがあることを思い出す。

「し、新太……どうしても、入れたい？」

「ああ、入れたい。おまえが欲しい」

はっきりそう言われれば、不安も迷いもあっさり消えた。

「じゃあ……しょうがないな」

笑ってしまう。たぶん泣き笑いのような変な顔になっている。

「行人……。おまえ、けっこう流されるよな」

「新太だから、だろ……」

言えば田上も変な顔になった。困ったような嬉しそうな……それからひとつ溜息をついて、笑った。今度は悪くない笑顔だ。

「おまえは本当……馬鹿だよ」

田上は前傾し、行人の髪を梳《す》きながら囁いた。そして額にひとつキスを落とす。

足を持ち上げられ、指が抜けたところに熱いものがあてがわれた。行人は思わず息を詰めて、横を向く。指とは明らかに違う質量感のもの。ぎゅっと目を閉じてその時を待った。

「行人……」

襞を押し広げて田上が入ってくる。

「ん——んンッ、……新、太ぁ……」

恐怖心は否応なく込み上げ、田上を受け入れたい心と葛藤《かっとう》する。歯を食いしばって必死で耐えるのは、相手が田上だから。

「行人、愛してる」

熱を帯びた囁きに、行人はハッと目を開けた。マジマジと田上の顔を見つめれば、楔《くさび》がグイッと中に打ち込まれる。

「はっ……、あっ……」

こんな騙し討ちは卑怯だ。それもあんな大事な言葉で……。

「新太の、バカッ……」

涙目で睨みつければ、苦しげに眉を寄せていた田上がニヤッと笑った。

「いい感じに力が抜けた」

「最低だ……バカ」

「最低はよく言われるが、俺にバカって言うのは、おまえくらいだな」

「僕、だって、あんまり言われないからっ……新太、以外には」

田上は話しながらゆっくりと入ってくる。

「そうだった、頭いいんだったな、おまえ。忘れてた」

シーツをぎゅっと摑んでいた行人の手を、田上の手が上から包み込む。行人はシーツを離して、田上の手を摑んだ。どちらからともなく繋ぎ直す。指と指を搦めてしっかりと——。

「行人……動くぞ」

「え、あ、あっ、んっ……全部、入った?」

「ああ」

唇を求められて応える。絡んで交わる。上も下も手も繋いで、田上の律動に合わせて揺れる。

「あ、あ、あっ」

自然に声は溢れた。

「これは、いい音楽だ……」

音楽を一切解さない男は、溢れる行人の声を楽しげに聴く。

「離さない、から……」

行人は繋いだ手に力を入れて言った。

「ああ。ずっと……な」

田上の巻き起こす激しい流れの中に呑み込まれていくが、もうなにも怖くなかった。身を委《ゆだ》ね、翻弄されるままに流れていく。

■■■

ずっと……なんて、自分が口にすることがあるとは思わなかった。

いや、騙すためならいくらでも簡単に口にしてきた言葉。そこに切実な想いを込めることがあるなんて思わなかった。

行人と繋がって得た安堵《あんど》はこれまでの人生で感じたことのないものだった。未来になんの確証もないことには変わらないのに、行人に受け入れられただけで満たされた。

どうしても行人の中に入れたかったのは、もちろん性欲もあったが、この期《ご》に及んでまだ信じられなかったのだ。行人に受け入れてもらえることが……。

「新太、新太、あ、もう……ん、ん……」

行人は受け身のセックスが初めてなのだろうが、それ以前にあまり免疫がなかったようだ。いつも大胆な行人には珍しく、戸惑ったり躊躇したり……そういうのがあまりにも可愛くて、田上もらしくなく優しくなった。

らしくなく、熱い言葉を口に乗せてしまう。

「夢は……叶うもんだな……」

感じすぎて泣きが入っている行人を見下ろし、夢に見た光景が実現したことを奇跡のように思う。

「夢、あったの？」

「ああ、あったらしい」

こんなのはただの即物的な欲望だと思っていた。でも、たぶんこれが夢というものなのだろう。あとは「ずっと」という途方もない夢を追いかけるだけ。

「叶えるよ、新太が見る夢は、僕が、絶対……」

泣き顔のくせに力強く宣言して、行人はふわっと笑った。どんな夢かも知らないくせに、本当に無責任だ。しかし、叶えてしまうのではないかと思わされるし、実際に叶えてきた。きっとこれも叶えるのだろう。もちろん協力は惜しまない。

「おまえは本当……なんなんだ……」

どうしようもなくてぎゅっと抱きしめる。そして激しく動く。こんな幸せな衝動は知らない。激情は相手を傷つけるだけのものだと思っていた。

すべてを吸収してしまう行人こそ、水そのもののようだ。包み込まれて、どんな攻撃も無意味で、最強だ。

「新太、新、太……あ、……いい、よ……いい……また、イッちゃ……」

弱点なんてあっという間に克服して、行人は田上を骨抜きにする。

「締めすぎ、だ……っ」

最初はあったはずの余裕は跡形もなかった。思うさま腰を使い、欲望をすべてぶつける。手加減するつもりだったのに、その余裕すら行人の可愛い痴態が奪っていった。

ありのままの自分を誰かに受け入れられること。その幸せを堪能《たんのう》する。

「行人……まだ、イくなよ……。もっと、天国の近くまで連れてってやる、から」

欲望の限界が見えない。このまま死ぬまで抱いていられるのではないかと思う。

「や、だ、もう……イきた……あ、ぁんっ」

行人の感じるところをすべてインプットしていく。今まで蓄積した他のデータはたぶんもう必要ない。

これからは誠実に生きていける——そう思って安堵する自分が自分でも意外だった。生き馬の目を抜くような場所でしか生きていけないのだと、いつからか思い込んでいた。

自分を必要とする人間なんていないから、こちらも必要としない。人は皆、使い捨て。利用するだけ。死ぬまでそういうことが続くのだと思っていた。

いつかこれまでの過ちの報いを受ける時が来るのかもしれない。

それでも今この瞬間があったから、生きてきてよかった……。

「行人、行人……」

ただひたすらに名前を呼んで、想いを伝える。

名前の大事さも知らなかった。どんな名前でも、大事な人が呼べば大事なものになる。

「ん、新太ぁ……」

声がかすれるほど名を呼ばせ、擦り切れるほどに責め苛《さいな》み、行人をボロボロにしてやっと気が済んだ。

「もう……おまえなんか嫌いだ」

行人がそんなふうに言うのは大概のことだ。しかし不思議と焦りは生まれなかった。しっかりと手を繋いでいるからだろう。怒った顔をしながらも、行人は手を離そうとはしない。

ご機嫌を取るように額にキスをして、腕の中に抱きしめて眠った。

「新太……僕はすっごく好きだったらしいよ、新太のこと……」

「過去形か？」

まだ拗ねているのかと思った。声はまだ少しかすれている。

「違う。過去からの継続。ずっと前から、すごく好きだったんだって気づいたんだ。……もったいないことしたなあって。もっと早くすればよかったな？」

さらりととんでもないことを言うのは行人の常ではあるのだが、さすがにこれは聞き流せない。

「おまえな……。そういうこと言うと、今までの分を取り戻してやろうって気になるだろ？いいのか？」

「あ、いや、今はけっこうです」

行人は拒否したが、腕の中からは出ようとしない。それどころかしっかりと背中に腕を回して、

「新太は俺の！」

などと胸に顔をつける。煽っているのか我慢させたいのかわからない。

「俺？」

一人称の違いに少しばかりの違和感を覚えて突っ込んでみる。

「あー……僕、僕のっ」

言い直してまたぎゅっと抱きつく。別に俺でも僕でもかまわないのだが、言い直すところがやましさを匂わせる。

「おまえって時々……。まあいいや。騙すんなら責任持って最後まで騙せよ？」

手を繋いだ相手がきれいな顔した猛獣であっても、もう手放す気はない。

「僕はなんにも騙してないよ。新太こそ騙し逃げはやめてね。捜すの大変だから」

行人は顔を上げてにっこり笑った。邪気のない笑みに刺々しさを感じる。

「あーはいはい」

行人に勝てないのはもう決定事項なのだろう。最初から一度だって勝てたためしはない気がするけど。

「とりあえず、今日は仕事だって覚えてるか？　社長。おまえはもう少し後先考えて行動しろよ」

すでに始業時刻には間に合いそうにない。幸い時間厳守の予定は入っていなかったが、それでも社長と副社長が無断で遅刻するわけにはいかなかった。

「こんな立てなくなるなんて思わないし。僕の計画性のなさのせいじゃない、新太がケダモノなのがいけないんだ。社長は休むので、ケダモノ副社長よろしく」

行人はあっさり手を離して、ごろんと背を向けた。ケダモノだったのは否定しがたく、無理に出社しろとも言えなかった。

「それはいいが、ずっとここで寝てる気か？」

「そう。仕事が終わったら車で迎えに来てよ」

「寝てるだけならシングルに移れ」

「うわ、終わったらケチが復活した」

シーツを巻き付けてごろごろする行人は目の毒だ。会社になんて行きたくなくなる。

「金は有益に使うものだ。昨夜のような時に使うために、日々節約。ケチではない」

それに見合う代金なら、値切ったり出し惜しんだりはしない。どんなに金を稼いでも根っこのところは変わらないものらしい。行人のふわっとした金銭感覚も、きっと変わらないのだろう。だからここはずっと平行線かもしれない。

「あ、辞めるのは撤回しといてよ？」

「あー……なんか格好悪いな」

「逃げようとする新太が悪い。でもみんな、喜ぶよ。やっぱり見に行こうかな」

行人は起き上がってみて、行けるか考え込んでいる。腰がかなり辛いらしい。なまじ顔がきれいなだけに、だるそうなのが色っぽくて艶《つや》っぽい。正直誰にも見せたくない。

「寝てろ。……そういえば、これを忘れてた……」

田上は自分の鞄《かばん》から小さな袋を取り出すと、そのまま行人に渡した。

「うわ、指輪だ！　これって突っ返されたやつ……じゃないよね？」

行人は嬉しそうに破顔して、それから恐る恐るというふうに訊いた。

「そんなわけないだろ。あの時、作っておいたんだ。これにはちゃんとイニシャルが彫ってある。おまえの指にはめられることはないだろうと思っていたんだが……」

幸せな誤算。行人はそれをためらいもなく左手の薬指にはめた。

「新太って意外にセンチメンタルでロマンチック！　でもすごく嬉しい！　ありがとう。奇跡みたいにぴったりだな」

左手を高く掲げ、ひらひらと振って、嬉しそうに見つめる。

「そうだ、おまえも指輪しろよ。作り方教えてくれたら僕が作るから」

そう言って行人は田上の左手を取った。

「あのな、独身の社長と副社長が、二人同時に左手の薬指に指輪してきたら、社員がいなくなるぞ？」

「えーそうかな。僕はみんな喜ぶと思うけど？」

「おまえはどこまで能天気にできてるんだ……。本当、幸せなやつだな」

行人が作った会社らしく、社員にも能天気なのが多い。少々歳のいった転職組の重役などは田上寄りかもしれないが、新卒で入った若い連中は行人が言った通りの反応をしそうだった。

「うん。幸せも能天気も、おまえに分けられるくらいあるから安心してよ。……んじゃ、会社行こうか！」

気怠《けだる》げな雰囲気は一掃され、元気に立ち上がろうとしたが、腰はやっぱりだるいらしい。

「おんぶでもいたしましょうか？」

「よし、じゃあそれで会社までレッツゴー！」

この男に不用意な冗談は禁物だ。なんでも実現させようとするし、実際にしてしまう。それに手を貸すのが自分の仕事だが、プライベートでは闘わないとえんでもないことになりそうだ。

男二人でエンゲージリングも、おぶって出社も冗談じゃないが、行人にはすべてを呑み込んでしまう得体の知れないパワーがあって、いつか押し切られそうな気がしてならなかった。

今のところベッドの中では優位に立てているが、行人の順応性と応用力を考えれば安穏とはしていられない。そこだけは絶対に譲る気はなかった。

裸の男をおぶって、とりあえずバスルームに放り込んだ。ぶーぶー文句を言うから、「俺が洗うぞ」と言うとおとなしくなった。それはそれで若干残念でもある。

子供の頃からずっと人生は戦いだと思っていた。食うか食われるか。安らぎなんて敗者の戯《ざ》れ言《ごと》にすぎないと思っていた。

誰にも負けない、馬鹿にされない、人を虐げてでも上に立つ。今まで人生の指標だったものが、急にどうでもよくなった。紙くずみたいに思える。

もしかしたら敗者というのは、幸せな人間のことを差すのかもしれない。

それなら甘んじて、人生の敗者の称号を受け入れよう。

バスルームから、恥も外聞も気にしない、なんでも口に出さずにはいられない男が、手を貸せと呼んでいる。

「うるっせえ……」

田上は言葉とは裏腹の笑顔を浮かべ、手を貸すためにバスルームへと向かった。

悪党《あと》がき

こんにちは。作者の李丘那岐です。

『いとしの悪党』お読みいただきありがとうございます。

本編の主人公である田上は、以前出た『空を抱きしめる』という本の中で、ちょっとイヤンな脇役でした。悪党というか……まあ悪いことをいっぱいしてきた奴です。

途中で出てくる郁己が『空を～』の主人公で、リンクしているシーンがあります。指輪がどうなったか知りたい方は、ぜひ『空を～』も読んでみてください。読んでいなくてもわかるように書いたつもりですが、読んでいるとニヤッとできると思います、たぶん。

前作を読んでくださっていた方には、ありがとうございます。ニヤッとできたでしょうか。

もうひとりの主人公である行人は、『空を～』にはワンシーンにちょこっと出てきただけでした。そのため、かなり甘ーいキャラ設定しかしていなかった私はダメ作家です。

だって、奴が主役になるなんて思ってもいなかったんだもんっ！　と、田上よりはるかに可愛く（?）言い訳してみる。ほんの少ししか喋ってなかったくせに違和感を生じさせる行人は、私にとって田上以上のくせ者でした。

まあ、私のざっくりした性格が一番いかんのですが。反省しております。

しかし私の反省はもしかしたら猿なみかもしれません。

今回もめちゃめちゃ素敵なイラストを描いてくださったヨネダコウ様。今回もまたご迷惑をおかけして誠に申し訳ございませんでした。田上のスピンオフを書かせてもらえたのは、『空を～』で描いていただいた田上があまりにも胡散臭くて素敵だったからだ！ と、私は思っております。脇のくせにワンカット独占しましたからね、奴は。けしからん（笑）。妄想をかき立てられるイラストを本当に本当にありがとうございました！

そして私は思うのです。いかな理由があろうとも詐欺はいけません。騙す奴が悪いのです。しかしながら私は何度担当様に「締切を守ります守ります詐欺」をはたらいてしまったことか。行人なみの寛大さを求めたりは、もちろんいたしません。猿より深く反省しております。つつつ、次こそは！ 素敵タイトルもありがとうございます。

この本の製作に携わってくださったすべての皆様に、この場を借りて感謝申し上げます。

いつか、あの人はきっちりしていて優秀で面白いね、と言ってもらえるよう頑張ります。

人はいくつになっても成長できる！ はず。悪党だって善人に……善人は無理かな。

ここまで読んでいただき、誠にありがとうございました。またどこかでお会いしましょう。話の方も成長している、はずです。

二〇一二年　庭の野芥子が黄色い花をつけた晴れの日に……

李丘那岐

✦初出　いとしの悪党……………書き下ろし

李丘那岐先生、ヨネダコウ先生へのお便り、本作品に関するご意見、ご感想などは
〒151-0051 東京都渋谷区千駄ヶ谷 4-9-7
幻冬舎コミックス　ルチル文庫「いとしの悪党」係まで。

幻冬舎ルチル文庫

いとしの悪党

2012年11月20日　第1刷発行

✦著者	李丘那岐　りおか なぎ
✦発行人	伊藤嘉彦
✦発行元	株式会社 幻冬舎コミックス 〒151-0051 東京都渋谷区千駄ヶ谷 4-9-7 電話 03(5411)6432[編集]
✦発売元	株式会社 幻冬舎 〒151-0051 東京都渋谷区千駄ヶ谷 4-9-7 電話 03(5411)6222[営業] 振替 00120-8-767643
✦印刷・製本所	中央精版印刷株式会社

✦検印廃止

ISBN978-4-344-82674-8　C0193　Printed in Japan